Le reflet du désir

TARYN LEIGH TAYLOR

Le reflet du désir

Traduction française de
CAROLE PAUWELS

MAGNETIC
HARLEQUIN

Titre original :
SECRET PLEASURE

Réalisation graphique couverture : L. SLAWIG (HarperCollins France)

HARPERCOLLINS FRANCE
83-85, boulevard Vincent-Auriol, 75646 PARIS CEDEX 13
Service Lectrices — Tél. : 01 45 82 47 47

www.harlequin.fr

ISBN 978-2-2804-3670-0

Pour Tina –
ce livre n'aurait pas pu exister sans toi.
Merci du fond du cœur.

Et pour Crystal –
consultante de première ordre, lectrice-test,
restauratrice de santé mentale, meilleure amie.
Je ne sais pas comment tu fais tout ça,
mais je suis ravie que tu le fasses.

J'espère que ce livre sera à
la hauteur de vos attentes.

1

— Mesdames et messieurs, applaudissez la seule et l'unique Lola Mariposa.

Une seconde avant que tout ne commence vraiment, un mélange de sensations et d'émotions la frappa de plein fouet.

Nervosité, excitation, peur, impatience... Elle les sentait gonfler dans sa poitrine, chacune d'entre elles essayant de prendre le dessus sur l'autre.

Les rideaux s'écartèrent. Aveuglée par la violente lumière des projecteurs, elle devina que tous les regards se braquaient sur elle.

Une intense excitation la fit vibrer.

La musique démarra, faible et grésillant légèrement dans les haut-parleurs et, comme par magie, Kaylee Whitfield céda la place à son alter ego, plus courageuse, plus pétillante et plus sexy.

La perruque blonde, les lentilles de contact bleues et le maquillage l'aidaient, naturellement.

Mais il se passait quelque chose d'extraordinaire quand elle était sur scène.

Là, elle était anonyme. Libre.

Elle s'assit devant la coiffeuse, dos au public, et fit mine de se brosser les cheveux. Puis l'incomparable Ella Fitzgerald entama le premier couplet de *Bei mir bist du schön*, et Kaylee lança une œillade faussement timide par-dessus son épaule.

Tout en prenant soin de maintenir son regard au-dessus de la tête des spectateurs, elle glissa lentement son index entre ses lèvres rouge rubis puis, d'un geste expérimenté, ôta son gant de satin noir avec ses dents, avant de le faire tournoyer au-dessus de sa tête et de le jeter au sol.

Jamais elle n'établissait de contact visuel quand elle était sur scène.

Car sa performance n'était pas destinée à la foule.

Non, ce moment sous le feu des projecteurs était pour elle, et rien que pour elle.

Elle laissa le peignoir de satin glisser sur une épaule, avant de le remettre en place. Quelqu'un siffla au fond de la salle, et le sourire de Kaylee se fit un peu plus sensuel.

Se produire sur scène, c'était sa façon d'exprimer physiquement la rébellion qu'elle avait trop longtemps refoulée. Jusqu'à ce qu'elle soit en âge de comprendre que les reproches de sa mère sur son comportement « honteux » étaient surtout motivés par la crainte du qu'en dira-t-on, et les éventuelles retombées sur l'honorable nom des Whitfield.

En conséquence de quoi, elle avait appris à se fondre dans la masse, à ne pas faire de scènes.

Elle pratiquait à la perfection l'art de masquer ses souhaits et ses désirs sous un vernis impénétrable de pudeur et de bonnes manières.

Mais, une fois par semaine, elle se transformait, dansait dans un cabaret, et se libérait.

Pour tout dire, cela lui sauvait la vie.

Elle aimait les costumes et tout le rituel qui allait avec.

Elle aimait l'impertinence du spectacle.

Mais, par-dessus tout, elle aimait l'impression de tout contrôler que cette prestation lui procurait.

Il y avait du pouvoir dans l'art de titiller le public, de distiller une subtile pression, et puis de faire machine arrière… avant de recommencer. C'était jubilatoire de créer une frustration parmi ses admirateurs.

Elle ôta son autre gant de la même façon, avant de prétendre retoucher une dernière fois son maquillage, puis elle se leva.

Comme prévu, elle fit tournoyer l'un des bouts de la ceinture qui maintenait son peignoir fermé, tout en s'avançant d'une démarche langoureuse vers le devant de la scène.

Ce qui n'était pas prévu du tout, en revanche, c'était que son mutin tour d'horizon de la salle – le regard soigneusement dirigé au-dessus des têtes, bien sûr – lui fasse croiser de troublants yeux verts.

Évidemment, elle ne pouvait pas voir leur couleur depuis la scène. Mais, en dépit de la distance et de la lumière tamisée du club, elle savait qu'ils avaient la couleur du jade et ne ressemblaient à aucuns autres : plus sombres quand leur propriétaire se concentrait, pétillants de mille étincelles quand il plaisantait, froids comme la glace quand il était en colère.

Aidan.

Cela faisait dix ans qu'elle ne l'avait pas vu. Cinq ans que Max, son propre frère, et lui avaient rompu les ponts sans cérémonie.

Et pourtant elle aurait reconnu Aidan Beckett n'importe où. Quelque chose qui ressemblait étrangement à du désir prit naissance au creux de son estomac, lui rappelant ces étés surchargés en hormones où elle faisait mine de lire près de la piscine. En réalité, elle admirait furtivement le corps ferme et cuivré d'Aidan, constellé de milliers de gouttelettes étincelantes, tandis qu'autour de lui et de Max se pressait l'inévitable et interchangeable horde de filles en bikini, qui passaient leur temps à glousser et à se trémousser.

S'il avait été assis comme tous les autres spectateurs, elle ne l'aurait jamais remarqué. Mais il était appuyé contre un poteau, une bière à la main, et paraissait plus grand et plus large d'épaules qu'autrefois, quand il leur rendait visite pendant les vacances scolaires.

Plus viril, aussi.

En fait, il était extraordinairement beau en jean, T-shirt et blouson de moto noirs, et elle ne pouvait s'empêcher de le regarder.

Reprenant ses esprits, elle se rappela que dix ans avaient passé et qu'elle portait un déguisement des plus efficaces. Comment pourrait-il associer la sensuelle Lola Mariposa et l'étrange adolescente qu'avait été Kaylee Whitfield ?

Soudain, Aidan changea de position. Il se passa la langue sur les lèvres, comme il le faisait autrefois, juste avant de se pencher pour embrasser Natasha Campbell, ignorant qu'une adolescente jalouse les observait, cachée derrière les rosiers de sa mère – invariablement primés au concours d'horticulture local.

Cela suffit pour que le désir et l'envie de revanche l'emportent chez Kaylee sur la peur d'être découverte.

De toute façon, s'il avait deviné que la femme qui s'exhibait sur scène n'était autre que la timide petite sœur de Max, jamais il ne l'aurait dévorée des yeux de cette façon.

Quoi qu'il en soit, elle avait bien l'intention de le faire baver d'envie.

Lentement, elle ôta son peignoir, retrouvant le tempo qui lui avait échappé quelques instants et s'attirant ainsi la pleine attention d'Aidan.

L'intérêt qu'il éprouvait pour elle lui faisait l'effet d'un courant électrique grésillant sous sa peau. Ses bras se couvrirent de chair de poule tandis qu'elle gardait les yeux rivés aux siens, roulant une épaule nue, avant de suivre du bout des doigts le décolleté en forme de cœur de son corset de satin et dentelle.

Tout en lui lançant un regard mutin, elle posa gracieusement sur la chaise la pointe de son pied, chaussé d'une sandale au talon vertigineux, et caressa langoureusement jusqu'à sa cheville sa jambe gainée d'un bas noir retenu par un porte-jarretelles.

Enfin, elle ôta sa sandale et observa le même rituel pour retirer l'autre.

L'air se chargea d'une vibration sensuelle tandis qu'elle ondulait au rythme lent de la musique, avec une souplesse consciente des gestes, mettant Aidan au défi de ne pas avoir envie d'elle tandis qu'elle détachait ses jarretelles avec une lenteur délibérée, et faisait rouler l'un après l'autre ses bas sur ses chevilles.

Sa performance avait un côté indéniablement vintage, du choix de la musique aux anglaises de sa perruque blonde. Cependant, il n'y avait rien de démodé dans la façon dont son corps réagissait à l'attention d'Aidan. Elle adorait être sur scène, mais jamais auparavant elle n'avait été aussi excitée.

Tournant le dos aux spectateurs afin qu'ils puissent la voir détacher le laçage de son corset, elle n'accomplissait ces gestes que pour Aidan.

Lorsqu'elle se retourna, le vêtement plaqué contre elle avant la révélation finale, ses seins se durcirent douloureusement tandis qu'elle imaginait de quelle façon sa soirée aurait pu se terminer s'il s'était agi d'un spectacle uniquement réservé à Aidan.

Le ventre envahi d'une intense chaleur, elle se mordit la lèvre inférieure en rêvant de leurs deux corps pressés l'un contre l'autre.

Lorsque son corset tomba à terre, la laissant couverte en tout et pour tout de deux cache-tétons adhésifs ornés de sequins et d'une culotte à ruchés, jamais elle ne s'était sentie aussi délicieusement nue, ni si désespérément désirée.

Elle entendit à peine les applaudissements et les sifflets. Il n'y avait plus qu'elle, Aidan et son regard brûlant alors qu'elle exécutait une dernière ondulation d'épaule, avant de se figer dans sa pose finale tandis que la musique s'arrêtait.

Elle respirait plus vite que la normale. Non

parce qu'elle était épuisée, mais à cause de l'excitation qu'elle avait ressentie à se déshabiller pour le superbe garçon qu'elle voulait autrefois de tout son cœur et l'homme torride qu'elle désirait à présent de tout son corps.

Le menton levé, il brandit sa bouteille de bière comme pour lui porter un toast, et l'intimité de ce moment, dans un club empli de monde, lui coupa le souffle.

Puis le rideau se ferma et le dissimula à sa vue.

2

Bon sang !

Aidan Beckett but une longue gorgée de bière.

Il ne savait pas comment ça s'était produit, mais voilà qu'il bandait à moitié pour la blonde avec des jambes interminables et un papillon tatoué sous le sein gauche qui venait de lui faire un véritable numéro de séduction dans une salle pleine de monde.

Il n'avait jamais vu de spectacle d'effeuillage de ce genre auparavant.

C'était différent du strip-tease. Les danseuses avaient comme une sorte d'étincelle en elles. Il n'était pas question de regards mornes et de mouvements mécaniques.

Il y avait de la joie sur scène. De l'effronterie. Un esprit joueur qui donnait au spectateur l'impression de partager une sorte de secret, même s'il ne savait pas vraiment de quoi il s'agissait.

Maudissant à demi le détective privé qui l'avait envoyé dans cet endroit alors qu'il s'agissait de toute évidence d'une fausse piste, il suivait d'un regard absent les évolutions d'une rousse dans un bikini couvert de strass, qui minaudait en chantant que les diamants étaient les meilleurs amis de la femme.

Puis le public avait applaudi à tout rompre, et il avait regardé sa montre, tandis que le maître de cérémonie présentait la danseuse suivante.

C'est là qu'elle était apparue.

Lola Mariposa.

Il y avait chez elle quelque chose… d'électrique.

Et ça ne tenait pas uniquement à ses jambes interminables. Ça venait de sa façon de danser. De sa façon de le regarder…

Avant que leurs regards se croisent, il aurait pu jurer qu'elle se moquait éperdument d'avoir un public. Elle semblait dissimuler un secret qu'elle n'avait aucune envie de partager.

Certes, elle dansait de la même façon que les autres. Elle ôtait ses vêtements avec le même air mutin. Mais il émanait d'elle une sorte d'indifférence, teintée d'un zeste de défi.

Le message qu'elle faisait passer aux spectateurs était clair : ils n'avaient aucune chance avec elle.

Or, il se trouvait qu'il avait toujours aimé les défis.

Lorsque leurs yeux étaient entrés en contact, quelque chose avait vibré entre eux.

De l'attirance.

Du désir.

Elle l'avait ensorcelé, et elle le savait. Elle s'en était réjouie.

Et jamais il n'avait rien vu d'aussi sexy.

La réaction de son propre corps l'avait surpris. Il avait vécu des heures sombres dernièrement et ne se sentait pas d'humeur à séduire qui que ce soit. Il se défoulait en s'épuisant à la salle de sport ou sur un ring de boxe et, quand le besoin était vraiment trop fort, il se donnait du plaisir.

Mais ce soir, pour la première fois depuis bien longtemps, il avait ressenti le besoin d'une vraie relation physique.

La danseuse lui avait fait réaliser combien le sexe lui manquait – le fait de prendre et de donner, la chaleur et la friction, et cette libération ultime qui n'était pas tout à fait la même quand on était deux.

Elle avait déverrouillé son corps et sa libido dans le même temps.

S'écartant du pilier contre lequel il était appuyé, il déposa sa bouteille de bière à moitié vide sur le plateau d'une serveuse qui passait à proximité.

En d'autres circonstances, il aurait peut-être attendu Lola à la sortie du cabaret, pour explorer cette pulsion entre eux. Mais, ce soir, il avait autre chose à faire.

Il était venu là avec l'espoir de retrouver quelqu'un. Mais, à la minute où il avait garé sa moto, il avait su que l'information était bidon.

Jamais Kaylee Jane Whitfield, la prunelle des yeux de sa mère, ne mettrait les pieds dans un cabaret de ce genre en périphérie de Los Angeles.

Pourtant le détective qu'il avait engagé pour retrouver Kaylee était le meilleur de la région, et il avait affirmé avoir vu sa voiture ici tous les vendredis soir depuis un mois.

À son arrivée, Aidan n'avait pas vu d'Audi gris métallisé, mais la curiosité l'avait incité à entrer. Le barman, à qui il avait donné un billet de cinquante dollars, avait affirmé n'avoir jamais entendu parler de Kaylee. Un rapide tour d'horizon de la clientèle ne lui avait rien appris de plus.

Il allait dire deux mots à son informateur !

Il sortit son téléphone portable de la poche intérieure de son blouson de cuir et se dirigea vers la sortie de secours, dont il cala la porte avec un de ses gants, afin de pouvoir retourner à l'intérieur après son coup de téléphone.

— Un problème, Aidan ?

— À vous de me le dire. Vous êtes vraiment sûr d'avoir vu sa voiture ici ? Parce que ce n'est pas le genre d'endroit qu'un membre de la digne famille Whitfield fréquenterait normalement.

Il avait le souvenir d'une jeune fille aux cheveux sombres, tirés en chignon, que sa mère traînait aux cours de danse ou de violon.

Cet endroit ne correspondait pas du tout à son style. Trop sordide pour Sylvia, et certainement pas assez pour Charles, le patriarche. À une époque, il aurait sans doute pu convaincre Max de délaisser son sacro-saint country club pour passer une nuit de débauche dans un endroit comme celui-ci.

Mais c'était si loin, tout ça…

Refoulant ce souvenir incongru, Aidan se concentra sur sa conversation téléphonique.

— Oui, c'était bien sa voiture, affirma son interlocuteur. Elle se présente à cette adresse tous les vendredis soir, avec une précision d'horloge suisse.

Aidan se passa la main dans les cheveux, pour remettre en place une mèche qui lui tombait sur le front.

— Je vais vérifier une dernière fois. Mais, si je ne la trouve pas, il va nous falloir un plan de rechange.

— Eh bien, elle fréquente de façon assez régulière la salle de sport, mais je pencherais plutôt pour le salon de thé. Son endroit préféré va fermer pour travaux à partir de lundi, mais elle va sûrement en trouver un autre.

Bon sang. Ça commençait à devenir compliqué.

Le plan initial était de tomber « accidentellement » sur Kaylee ce soir, et de jouer la carte du « vieil ami » en espérant que son différend avec Max ne l'inciterait pas à refuser son invitation à dîner.

À partir de là, installer le *malware* sur le téléphone de Kaylee et télécharger une copie de l'application serait un jeu d'enfant. D'après ses sources, elle était une des cinq personnes de confiance que Max avait chargées de tester le prototype de SecurePay, l'application de cryptomonnaie digitale destinée à faire entrer Whitfield Industries dans la cour des grands.

Au début, Aidan était prêt à acheter légalement cette fichue application et à la faire démonter par son équipe, afin de trouver le fragment de codage prouvant que Max avait enfreint la clause d'exclusivité de son contrat avec John Beckett. Malheureusement, une faille de sécurité de dernière minute avait compromis le lancement du nouveau produit phare de Whitfield Industries.

Donc, si Aidan voulait récupérer les droits sur l'héritage de son père, il allait devoir improviser.

— Tenez-moi au courant, dit Aidan, pour conclure.

— Comptez sur moi.

Aidan jeta un coup d'œil à sa moto tout en passant une main lasse sur son visage.

Bon sang, il détestait cette stupide idée de couverture. Si on avait un problème avec quelqu'un, on le lui disait en face.

Taraudé par sa conscience, Aidan se rembrunit. Il n'avait pas le choix. C'était le moment où jamais.

On soupçonnait Charles Whitfield de faire chanter un membre clé de l'équipe SecurePay – une certaine Emma machin chose –, et Aidan aurait parié que ce n'était pas la première fois. En effet, cinq ans auparavant, le jour même de son décès, le père d'Aidan avait cédé tous les droits sur le code qui représentait l'apogée de sa vie professionnelle, un geste si étranger à son caractère que seule la coercition pouvait l'expliquer.

Il n'était pas question qu'Aidan laisse Max mener la grande vie en ayant fait main basse sur une technologie qui n'existait que grâce au génie de John Beckett.

En outre, songea Aidan, non sans une certaine cruauté, il y avait une forme de justice poétique à utiliser la seule Whitfield qui représentait quelque chose aux yeux de Max – la timide et studieuse jeune fille qui autrefois le dévorait des yeux et qui exerçait aujourd'hui, non sans un certain talent, la fonction de conseillère en communication de son frère.

En quelque sorte, Kaylee était l'option nucléaire : la façon la plus rapide et la plus brutale d'anéantir Whitfield Industries, tout comme cette dernière avait anéanti son père. Et Aidan n'avait pas l'intention d'attendre.

— Bon sang !

Kaylee ôta la main de son sac, et découvrit qu'elle était couverte de fond de teint liquide. Fouillant rapidement à l'intérieur, elle se rendit compte que son jean et son T-shirt blanc étaient maculés de taches beiges.

Impossible de filer à l'anglaise, comme elle l'espérait, pour éviter Aidan. Donner le change à distance était une chose, mais elle ne voulait pas tenter le sort en tombant nez à nez avec lui.

Elle rit d'elle-même tandis qu'elle actionnait avec son coude l'interrupteur du cabinet de toilette situé derrière la scène.

Comme si Aidan allait se donner la peine de l'attendre !

Contrairement à elle, il avait passé l'essentiel

de leur jeunesse sans jamais se rendre compte qu'elle appartenait au sexe opposé.

Glissant ses mains couvertes de maquillage sous le robinet, elle commença à les laver.

Elle se rappelait très bien la première fois qu'elle l'avait vu.

Avec son blouson de cuir et ses longs cheveux blonds, il lui avait instantanément coupé le souffle, lui faisant oublier qu'elle avait toujours considéré les garçons comme des êtres grossiers et brutaux. Il avait quinze ans, elle onze, et elle avait pensé qu'il était le garçon le plus cool de la terre – tellement différent de Max et de ses autres copains.

Il émanait de lui quelque chose de sauvage qui le rendait beaucoup plus dangereux que les imbéciles du country club avec lesquels elle avait grandi.

Mais, ce qu'il y avait de bien avec Aidan, c'est qu'il ne l'ignorait jamais. Parfois, lorsque Max était occupé à faire quelque chose pour leurs parents, Aidan lui parlait des compétitions qu'il avait gagnées, des voyages qu'il prévoyait de faire…

Son béguin n'avait fait que s'intensifier avec la puberté et, à quatorze ans, elle comptait les jours en attendant que Max et Aidan reviennent de l'université pour les vacances. À ce moment-là, l'adolescent était devenu un jeune homme à la musculature impressionnante. L'attitude était moins rebelle, moins insolente, mais le regard restait malicieux, et il émanait de lui quelque chose d'indéniablement viril qui la faisait frissonner chaque fois qu'elle le regardait.

De son côté, Max était devenu un étranger froid et distant, mais Aidan prenait toujours le temps d'échanger quelques mots avec elle, et même de flirter un petit peu.

Enfin, c'était ce qu'elle croyait, jusqu'à ce soir fatal où, de retour de la bibliothèque où elle avait passé du temps à étudier, elle avait surpris Aidan en train d'embrasser leur voisine, Natasha.

Le cœur lourd, elle avait fui la scène, se désespérant un peu plus quand elle avait appris qu'Aidan avait couché avec la jolie blonde.

En tout cas, c'est ce que Natasha avait raconté un peu plus tard.

La figure de héros incarné par le meilleur ami de son frère en avait pris un coup et, pour punir Aidan de ne pas avoir attendu qu'elle soit un peu plus âgée, Kaylee avait passé son adolescence à le traiter avec dédain.

Le problème, c'est qu'il ne l'avait jamais remarqué.

Et, pour la première fois, elle avait compris que ses sentiments n'étaient pas réciproques.

Son petit cœur débordant d'amour en avait été brisé.

Lorsqu'elle eut seize ans, ils n'étaient plus rien l'un pour l'autre hormis de vagues relations, discutant de leurs études et de leurs projets pour l'été. Mais il était toujours le plus bel homme qu'elle ait jamais vu.

Ce soir, pourtant, Aidan l'avait regardée comme il regardait autrefois Natasha.

Avec chaleur. Avec désir.

Et ça avait été incroyablement bon de lui inspirer cette réaction, même s'il ne savait pas qui elle était. Elle s'en souviendrait longtemps.

Après avoir fermé le robinet, elle s'essuya les mains avec du papier absorbant et gagna la loge. Une des filles lui prêta une jupe en maille noire, qu'elle enfila avant de remettre son corset.

Il ne lui restait plus qu'à emprunter la sortie du personnel et à attendre son taxi dehors.

Évidemment, il fallait que cela lui arrive précisément le jour où elle n'avait pas pris sa voiture ! Mais, vendredi dernier, une des danseuses lui avait appris qu'un drôle de type tournait autour de son Audi, et Kaylee s'était dit que ce serait plus sûr de prendre un taxi cette semaine.

Une femme n'était jamais trop prudente.

Elle se glissa le long de la zone des billards, ravie que l'attention du public soit concentrée sur la scène et sur la performance de Ginger Merlot.

Alors qu'elle arrivait à la sortie de secours – chemin de la liberté –, elle ne put résister à l'envie de jeter un dernier coup d'œil à l'homme qui avait rendu cette nuit mémorable. Le pilier le masquerait probablement en partie, mais elle essaya quand même de distinguer la manche de son blouson.

Soudain, la porte métallique située sur sa droite s'ouvrit en grinçant, et quelqu'un la percuta. Quelqu'un de grand et de solide qui portait un blouson de cuir, et dont les mains puissantes et chaudes l'aidèrent à retrouver son équilibre.

Elle reconnut immédiatement son odeur.

Sa proximité eut un curieux effet sur son pouls.

Elle fut incapable de détourner le regard.

Ni l'un ni l'autre ne parla.

Il lui fallut un moment pour se rendre compte qu'il la tenait toujours, qu'elle aurait dû reculer.

Mais, alors qu'elle levait les yeux vers l'homme qui avait illuminé tant de rêves quand elle était gamine, elle ne put s'y résoudre.

Parce que l'afflux d'hormones et de désir, l'excitation de se trouver aussi proche de lui, le regard qu'il posait sur elle – comme si son désir était partagé –, était aussi enivrant qu'un rêve érotique devenu réalité.

Brusquement, elle avait envie de vivre ce rêve. Elle le voulait désespérément.

Les sirènes de la rébellion hurlaient à ses oreilles, au rythme de la course de son sang dans ses veines.

Quel mal y aurait-il à cela ?

Il ne l'avait visiblement pas reconnue. Et il aurait eu du mal à le faire car elle portait toujours sa perruque et ses lentilles de contact.

Pourquoi ne pourraient-ils avoir tous les deux ce qu'ils voulaient ?

Et il la voulait.

Elle le sentit à la façon dont ses doigts se crispèrent légèrement sur sa chair, juste une seconde avant qu'il ne la libère. Elle le vit à la lueur dans ses yeux, à la crispation de sa mâchoire.

Et elle le voulait indéniablement.

Elle l'avait toujours voulu.

Mais il n'y avait plus rien de puéril dans cette envie. C'était le genre classé X, pour adultes uniquement.

Elle était surexcitée après sa performance sur scène et leur flirt en public. Alors, plutôt que de se donner du plaisir avec un sex-toy, comme elle avait l'habitude de le faire après chaque représentation, pourquoi n'aurait-elle pas un orgasme avec Aidan ?

Elle se passa la langue sur les lèvres, et le regard d'Aidan se posa sur sa bouche.

Lentement, il le releva vers ses yeux. Et la lueur charnelle et dangereuse qu'elle y vit provoqua une délicieuse moiteur entre ses cuisses.

Elle ne voulait ni respect, ni politesse, ni douceur.

Elle voulait de la passion.

Une tension presque palpable flottait dans l'air. Le corps en ébullition, elle sentait son cœur cogner dans sa poitrine avec une effrayante intensité.

Elle ne le vit pas tendre la main pour saisir la sienne, et pourtant ils furent soudain peau contre peau tandis que leurs doigts s'entrelaçaient, et la rudesse de sa paume décocha une flèche de désir en plein cœur de son intimité.

Puis il se tourna et l'entraîna dans son sillage, et elle dut courir pour suivre ses longues enjambées.

Il jeta un coup d'œil rapide vers le bar, avant de pousser une porte indiquant « Réservé au personnel », et elle le suivit à l'intérieur.

Car, à cet instant, elle l'aurait suivi n'importe où.

3

La réserve était sombre et sentait vaguement le détergent. Après avoir tâtonné quelques instants, Aidan trouva un interrupteur, et une ampoule s'alluma en grésillant, répandant un halo jaunâtre sur une petite pièce emplie de produits d'entretien alignés sur quatre étagères.

Kaylee n'eut toutefois pas le temps de noter quoi que ce soit d'autre, car Aidan la saisit par les hanches et la poussa contre la porte.

Et, enfin, il l'embrassa.

Ses lèvres s'écrasèrent sur les siennes, sa langue plongea dans sa bouche avec une impatience affamée qui la choqua et la ravit tout à la fois.

Il avait sur la langue un goût de bière et une promesse de sexe torride, et elle ne put retenir un gémissement de plaisir en voyant s'accomplir son plus ancien fantasme.

Elle embrassait Aidan Beckett.

Prends ça, Natasha Campbell.

Kaylee enfouit ses doigts dans l'épaisse chevelure d'Aidan, fit courir ses ongles sur son crâne, lui caressa le cou et les épaules, avant de repousser son blouson sur ses épaules.

Il s'écarta juste le temps que son vêtement tombe au sol, puis ses mains se posèrent à nouveau sur les hanches de Kaylee, et il la fit pivoter et reculer jusqu'à ce que son dos entre en contact avec une des étagères.

Il la toisa alors de toute sa hauteur, et Kaylee frissonna devant son regard affamé.

Il se rapprocha et prit sa mâchoire en coupe dans le creux de sa main tandis qu'il levait son visage vers le sien pour reprendre leur baiser. Ses doigts frôlèrent ses cheveux, et elle prit conscience du danger alors même que sa bouche essayait de l'entraîner dans un abysse de plaisir.

Elle devait le distraire, empêcher qu'il s'approche de la perruque.

Elle posa ses mains sur celle d'Aidan, les fit glisser vers son cou, puis vers le haut de son corset. Il baissa alors les yeux vers le renflement de sa poitrine, puis commença à détacher son bustier, ses longs doigts puissants faisant preuve d'une étonnante dextérité avec les minuscules crochets.

Elle était fascinée par la concentration avec laquelle il accomplissait sa tâche. Il n'y avait que lui et elle, et une compréhension née de lourdes respirations et d'absence de paroles.

Son corset alla rejoindre le blouson d'Aidan sur le sol de béton, et elle se mordit la lèvre inférieure pour s'empêcher de miauler de frustration tandis qu'il empoignait son sein, avec une rudesse voulue, et passait son pouce sur la pastille noire qui empêchait son téton de recevoir toute l'attention qu'il espérait ardemment.

Aidan était tellement beau. Les années l'avaient épargné, assombrissant à peine ses cheveux d'or, donnant à ses traits une rudesse plus virile, élargissant ses épaules et sculptant son corps.

C'était aujourd'hui un homme accompli, prouvant à Kaylee qu'elle avait eu tort de croire, quand elle était encore adolescente, qu'il était impossible d'améliorer ce qui était déjà parfait.

À présent, elle avait le droit de l'embrasser, de le toucher, et elle ne voulait rien manquer de cette merveilleuse expérience.

Elle chercha l'ourlet de son T-shirt, et le releva sur son torse. Aidan fut rapide à prendre la relève et à faire passer le vêtement au-dessus de sa tête.

Kaylee ne put s'empêcher de soupirer. Le torse d'Aidan était une œuvre d'art, toute en pleins et déliés, qui méritait d'être immortalisée sur la couverture d'un magazine de fitness. Et pour rendre cette perfection un peu plus sexy, un peu plus dangereuse, une cicatrice d'une quinzaine de centimètres s'étirait le long de ses côtes.

Elle ne se rappelait pas avoir jamais eu envie d'un homme comme ça.

Elle se pencha et dessina un chemin de baisers le long de son estomac, tandis qu'elle faisait glisser sa culotte à ruchés le long de ses cuisses. Celle-ci tomba à terre, et Kaylee remonta jusqu'à la clavicule d'Aidan, en léchant langoureusement sa peau.

L'intonation rauque de sa voix tandis qu'il jurait lui donna la chair de poule.

Elle chercha le bouton de son jean, le détacha, et abaissa d'un geste décidé sa fermeture à glissière, en frôlant la preuve de son désir.

Tandis qu'il sortait un préservatif de sa poche, elle remonta sa jupe empruntée sur ses cuisses, tout en le regardant dérouler le latex sur son sexe dressé.

Elle était tellement excitée, avide qu'il apaise cette douleur qui la brûlait.

Tout fut immobile et silencieux pendant un moment, puis ils se jetèrent l'un sur l'autre, avec une frénésie aveugle. Il la souleva contre l'étagère, et elle sentit le métal froid s'enfoncer dans ses fesses.

Levant les bras, elle s'agrippa au dernier rayonnage au-dessus de sa tête.

L'envie de le toucher sans pouvoir le faire

exacerba son plaisir, tandis qu'il posait les lèvres au creux de son cou et la pénétrait avec force. Elle était si humide, si prête…

Grognant de plaisir, il mordilla la peau sensible de son cou, avant de la couvrir de grands coups de langues appuyés.

Oh ! Seigneur. Ce rendez-vous clandestin lui donnait une telle impression de pouvoir et de sensualité. Comme lorsqu'elle était sur scène mais en plus fort, en plus viscéral. Être désirée par cet homme qu'elle voulait depuis si longtemps était tout.

Croisant les chevilles dans le dos d'Aidan, elle s'abandonna à ses coups de reins puissants, adorant tout de ce moment : l'odeur épicée de son eau de toilette, le frottement délicieusement irritant de sa barbe sur sa peau, le son altéré de sa respiration, mêlé de gémissements.

C'était trop. Trop de sensations. Trop de sentiments.

Le frémissement dans son abdomen lui apprit que le moment était proche, même si c'était beaucoup trop tôt.

Ne résistant plus à l'envie de le toucher, elle lâcha l'étagère et prit son visage dans ses mains. Sa barbe lui chatouilla les paumes, tandis qu'elle enfouissait les doigts dans ses cheveux et attirait ses lèvres vers les siennes.

L'orgasme la submergea comme une vague renversant tout sur son passage.

Ça ne ressemblait à rien de ce qu'elle avait pu connaître avant.

C'était la passion libérée de toute entrave.

C'était une décennie d'attente devenue réalité.

Quand il lui avait pris la main et l'avait entraînée dans la réserve, Aidan ne s'attendait pas à un coup vite fait contre le mur. Et il s'attendait encore moins à ce qu'elle jouisse sur lui après deux coups de reins, mais elle avait bel et bien eu un orgasme, haletant contre sa bouche, avant de l'embrasser à perdre haleine.

Sexy en diable.

Eh oui, ça faisait un moment que ça ne lui était pas arrivé. Mais ça n'expliquait pas pourquoi elle perturbait son esprit comme ça. Il y avait quelque chose chez cette femme. Quelque chose de différent qu'il ne comprenait pas.

Il remonta les mains sur son torse, jusqu'à ce que ses pouces entrent en contact avec le dessous de ses seins, doux et moite de sueur, et se demanda de quelle nuance de rose étaient ses tétons sous la pastille adhésive décorée de sequins.

Il crispa les doigts de sa main droite sur sa

cage thoracique, comme s'il pouvait sentir le papillon imprimé dans sa chair.

Il était incroyablement proche du point de non-retour, mais il n'avait pas envie que ça se termine déjà.

Et soudain, à sa grande surprise, elle resserra les jambes autour de sa taille, et commença à onduler des hanches.

À sa façon de se presser et de se tordre sur lui, aux gémissements qui s'échappaient de sa gorge, il comprit qu'elle était partie pour jouer la seconde manche.

Ça alors ! Elle allait jouir à nouveau, et ce constat l'excita tellement qu'il dut faire appel à toute sa volonté pour ne pas céder immédiatement à l'intense chaleur qui montait en lui.

Il se concentra sur la morsure de ses ongles dans sa peau, faisant de son mieux pour analyser le rythme de ses mouvements et répondre à sa demande silencieuse, tandis qu'elle s'offrait un nouvel orgasme.

Cette fois, il ne put s'empêcher de la suivre.

Assommé par la violence de son plaisir, les paupières fermées, le souffle haletant, il dut s'agripper à l'étagère pour se stabiliser.

Elle l'embrassa tandis qu'elle décroisait ses chevilles et se laissait glisser le long de son corps. Un baiser empreint de satisfaction et qui avait des allures de remerciement.

Lorsqu'il trouva enfin la force d'ouvrir les yeux, il vit qu'elle le fixait d'un air triomphant. Il pouvait le comprendre. À cet instant, lui aussi se prenait pour un conquérant.

Il se pencha et l'embrassa, restant quelques secondes en suspens au-dessus de sa bouche avant de s'écarter.

Avec un petit sourire satisfait, elle rabattit sa jupe sur ses cuisses et récupéra son corset. Aidan s'occupa du préservatif et remonta sa braguette avant d'enfiler son T-shirt.

Obéissant à une soudaine impulsion, il ramassa son blouson, sortit de ses poches son téléphone et ses gants, et drapa le vêtement de cuir sur les épaules nues de la danseuse.

Surprise, elle leva les yeux, tandis que ses doigts s'immobilisaient sur les crochets de son corset.

Il eut un pincement au cœur, mais ne comprit pas pourquoi. Il avait vu passer un éclair de vulnérabilité, apercevant la femme derrière la séductrice, mais les pièces du puzzle ne s'assemblaient pas.

— Garde le blouson, dit-il, d'une voix qui résonna étrangement à ses propres oreilles.

Il était trop grand pour elle, ce qui était logique, et il n'avait aucune raison d'apprécier de la voir dedans. Mais c'était le cas, et il en fut soudain mal à l'aise.

Après tout, ce n'était qu'une escapade momentanée et librement consentie.

Il se tourna et entrebâilla la porte pour vérifier si la voie était libre.

Elle se faufila sous son bras, le frôlant peut-être un peu plus que nécessaire, posa une dernière fois sur lui ses yeux d'un bleu électrique et disparut.

Aidan ferma la porte derrière lui et s'exhorta à reprendre le contrôle de son corps, si récemment comblé, avant de se glisser à son tour hors de la réserve.

Il ne chercha pas à voir si Lola était toujours dans les parages et poussa la porte. Puis il démarra sa moto et roula longtemps sans but, avant de rentrer chez lui.

4

Aidan se demanda si Lola se produisait sur scène le samedi soir.

Ce qui était une interrogation pour le moins étrange puisqu'il n'y avait aucune chance qu'ils se revoient.

Malheureusement, il n'y avait pas grand-chose pour l'empêcher de penser à elle dans ce bar miteux où il était assis, à attendre un crétin prétentieux.

Les notes rythmées d'un rock à l'ancienne et l'écho des boules de billard qui s'entrechoquaient dans l'arrière-salle ne suffisaient pas à dissoudre ses souvenirs classés X.

Il essaya de se convaincre que son obsession était simplement due au fait qu'il n'avait pas fait l'amour depuis longtemps, que ça lui avait rappelé combien ce pouvait être bon, et qu'il était tout simplement en manque.

Sauf qu'il ne cherchait pas seulement une partenaire intéressée par la même chose que lui. Si tel avait été le cas, les regards enjôleurs qu'il avait reçus quand il était entré l'auraient émoustillé.

Il ne pensait pas au sexe.

Il pensait au sexe avec elle.

Ses abdominaux se crispèrent à cette évocation, devenant durs sous son T-shirt. Bien sûr, on pouvait en partie mettre ça sur le compte de la nouveauté, sur le risque de se faire prendre, mais ce n'était pas pour cette raison qu'il se sentait aussi agité.

Il y avait quelque chose de plus profond, quelque chose de si… confiant quand elle l'avait regardé, quand elle lui avait pris la main et l'avait suivi.

On aurait presque dit que…

— Bon sang ! Rappelle-moi de ne plus jamais te laisser choisir nos lieux de rendez-vous. Cet endroit n'est pas « confidentiel », il est à la limite du tripot clandestin.

Aidan releva la tête en entendant cette exclamation.

Liam Kearney, P-DG de Cybercore, avait réussi à le surprendre. Et ce n'était pas bon. Il ne pouvait pas se permettre de se laisser distraire par le souvenir d'un corps torride et d'un tatouage en forme de papillon.

Il se leva et serra rapidement et fermement la main de l'homme. Et si sa poigne avait été trop vigoureuse, c'était uniquement parce que son adversaire avait fait la même chose.

Kearney jeta un coup d'œil au blouson de cuir marron et au jean d'Aidan.

— C'est tellement sympa de ta part de t'être habillé pour l'occasion, ironisa-t-il.

Ils s'assirent l'un en face de l'autre, et Aidan étendit un bras sur le dossier de la banquette en skaï, déchiré par endroits.

Comme s'il allait prendre des leçons de mode d'un abruti qui portait un costume trois pièces dans un troquet de seconde zone !

Il sortit de sa poche une enveloppe contenant la somme sur laquelle ils s'étaient mis d'accord et la jeta sur la table devant Kearney.

— C'est marrant comme ton dégoût pour ma façon de m'habiller ne t'a jamais empêché de prendre mon argent, ne put-il s'empêcher de remarquer.

Liam grimaça un sourire.

— Évidemment que je vais prendre ton argent. Tu crois que c'est donné les fringues de créateur ? Et puis, il faut bien que l'un de nous deux ait de l'allure.

Aidan croisa le regard de la serveuse, et il lui suffit d'un discret signe de menton pour qu'elle vienne vers eux.

Le temps qu'il se retourne vers Kearney,

l'enveloppe avait disparu. Au moins, cet imbécile savait se montrer discret.

— Tu veux un verre ? proposa-t-il.

Liam regarda autour de lui et secoua la tête d'un air dédaigneux.

— J'ai rendez-vous avec un top model dans deux heures et il vaut mieux que j'évite de contracter une infection par hantavirus.

La serveuse s'arrêta devant leur table.

— Que désirez-vous ?

— Un scotch, sans glace.

— Et pour votre ami ?

— Ce n'est pas mon ami, dit Aidan. Et il ne reste pas.

Elle enveloppa Kearney d'un regard langoureux.

— Dommage.

Il posa une main sur sa poche de poitrine, dont le rôle était probablement de lui rappeler où se serait trouvé son cœur s'il en avait eu un.

— Malheureusement, j'ai un autre engagement.

— C'est bien ma chance !

Elle se déhancha, calant le bord de son plateau dans le creux de sa taille.

— Donc, si vous n'êtes pas amis et que celui-ci affiche une allure de *bad boy* boudeur, dit-elle, en désignant Aidan d'un geste du pouce, vous êtes quoi, son avocat ?

Liam plongea la main dans la poche intérieure de sa veste et en sortit son portefeuille.

— Si vous me demandez si j'ai les moyens de vous tirer d'un mauvais pas, la réponse est oui.

Elle gloussa tandis qu'il tirait deux billets d'une liasse et les lui tendait entre le pouce et l'index.

— Apportez donc à mon client un double scotch dans un verre propre. Et vous pouvez garder la monnaie.

Elle s'empara de l'argent avec un clin d'œil.

— C'est comme si c'était fait, mon cher maître.

Dès qu'elle fut partie, Liam posa un téléphone couleur argent sur la table au bois éraflé et le fit glisser vers Aidan.

— C'est un prototype, mais nos premières séances de tests ont été concluantes. Tu auras un contrôle total sur le téléphone de ta cible – géolocalisation, micro, appareil photo, textos… Tout ce que tu as à faire pour l'installer, c'est de t'approcher à cinquante centimètres de son téléphone. Ensuite, tu pourras télécharger le contenu à volonté, et tout désinstaller à distance.

Aidan laissa échapper un léger sifflement.

— Tu t'es surpassé, Kearney.

— Que veux-tu que je te dise ? En tant qu'ennemi de mon ennemi, tu es presque mon ami. C'est pourquoi j'ai pris la liberté de pré-installer tous tes trucs. Contacts, photos, applications… Tout est là.

Le salaud !

— Et je suppose que je dois te remercier d'avoir piraté mon téléphone ?

Liam afficha un sourire d'autosatisfaction.

— Tu peux me remercier d'avoir fait bon usage de mes dons exceptionnels. Au fait, je n'ai pas changé tes mots de passe.

— Il faut savoir éviter le triomphalisme, ironisa Aidan.

Et c'était précisément pourquoi il se gardait bien de révéler que, durant un récent voyage en Asie, il s'était procuré une contrefaçon de The Shield, le programme que Cybercore s'apprêtait à lancer et qui allait lui permettre de se jeter dans l'arène de la cryptomonnaie digitale. En tout cas jusqu'à ce qu'il prouve que SecurePay et The Shield étaient tous les deux basés sur le code conçu par son père.

On verrait alors si Liam Kearney allait se montrer toujours aussi arrogant.

Mais, pour le moment, Aidan avait encore besoin de lui.

Comme un fait exprès, la serveuse adressa à Kearney un petit signe aguicheur de la main, tout en attendant que le barman ait fini de servir le scotch d'Aidan.

Liam lui rendit la pareille.

— C'est marrant, pérora-t-il, je n'ai jamais manqué de raisons de triompher.

Aidan se retint de lever les yeux au ciel.

— Tu n'as pas quelque chose à faire ?

Liam hocha la tête, mais ne fit pas un geste pour se lever.

— Je suppose que je n'ai pas besoin de te préciser que cette technologie top-secret, et développée pour le gouvernement, n'est pas destinée à espionner des civils sans leur consentement. Cybercore ne peut cautionner un tel usage.

— Oui, oui, je sais, dit Aidan, avec un soupir d'agacement.

Liam ne se laissa pas décontenancer par cette interruption.

— Si une telle activité était découverte par les forces de l'ordre, la compagnie nierait avoir connaissance d'un tel usage de cette technologie. Nous serions par ailleurs dans l'obligation de poursuivre tout contrevenant pour vol et détournement de notre propriété intellectuelle.

Aidan prit un air innocent.

— Je ne vois aucune raison qui t'obligerait à faire ça.

— C'est bien ce que je pensais, répliqua Liam, avant de se lever. C'est toujours un plaisir de faire des affaires avec toi, Aidan. Nous apprécions que tu aies choisi Cybercore pour tes besoins en nouvelles technologies.

Aidan attendit que Kearney ait quitté le bar pour appuyer sur le bouton latéral du téléphone, et regarda les graphiques de démarrage éclairer l'écran haute résolution.

Bien qu'il ne connût pas précisément la nature du désaccord entre Cybercore et Whitfield Industries – la querelle semblant plus profonde et plus personnelle qu'une simple rivalité professionnelle –, se servir du plus gros concurrent de Max Whitfield pour sa petite conspiration était une façon étonnamment satisfaisante d'envoyer se faire voir l'homme qu'il avait autrefois considéré comme son ami le plus proche.

L'homme en qui il avait confiance. L'homme qui l'avait laissé tomber.

Aidan fut à nouveau arraché à ses souvenirs, cette fois par le bruit d'un verre posé sur la table devant lui. Il devait absolument se ressaisir et rester sur le qui-vive.

— Et vous, beau gosse ?

Il passa la main sur sa courte barbe, tandis qu'il reportait son attention sur la serveuse.

Elle lui sourit langoureusement.

— Vous avez des projets ?

Aidan leva son verre en guise de réponse.

— Juste une soirée tranquille avec mon meilleur ami.

Elle lui lança une moue qu'elle devait pratiquer depuis des années.

— Eh bien, si vous changez d'avis, vous savez où me trouver.

Aidan but une gorgée d'un scotch de mauvaise qualité et la regarda s'éloigner, avant de se replonger dans ses pensées.

Il avait deviné que son père traversait une passe difficile. John Beckett adorait échafauder des hypothèses, résoudre des problèmes, craquer des codes… Un emploi de technicien bien payé chez Whitfield Industries aurait dû logiquement l'enchanter. Au lieu de quoi, au fil des mois, John avait paru de moins en moins heureux d'aller travailler.

Au cours de leurs conversations téléphoniques et de leurs visites, il avait été question de désillusion, d'une sensation de ne pas être apprécié à sa juste valeur, d'être piégé… Des mots tels que « coercition » et « chantage » avaient été prononcés…

Puis John avait paru se résigner, disant qu'il ne méritait pas mieux. Vers la fin, il était devenu de plus en plus taciturne. Exactement comme après le décès de sa femme… Juste avant qu'il ne commence à boire.

Aidan savait qu'il allait mal mais, au lieu de

rentrer à la maison et de gérer la situation lui-même, il avait appelé Max. La seule personne au monde en qui il avait toute confiance. Le type qui avait toujours assuré ses arrières. Il avait fait part à son ami de ses soupçons, évoquant la possibilité que Charles Whitfield fasse chanter son père.

Max lui avait assuré qu'il réglerait le problème.

Deux semaines plus tard, Charles avait pris une retraite anticipée, Max était devenu P-DG de Whitfield Industries, et John Beckett était mort.

Aidan était en Espagne quand il avait appris la nouvelle.

Un banal accident de voiture. Conduite sous l'emprise de l'alcool. Mort sur le coup.

Il ne savait même pas que son père s'était remis à boire.

Il aurait dû le deviner. Il aurait dû abréger son séjour à Pampelune. Un bon fils l'aurait fait.

Récupérer le code de son père en l'arrachant des mains de la famille qui avait détruit John était le moins qu'il puisse faire. C'était peut-être trop peu et trop tard, mais c'était le seul moyen dont il disposait pour présenter ses excuses à son père.

Aidan finit son verre en deux longues gorgées et le reposa sur la table d'un geste décidé. Il était temps de découvrir ce qui était arrivé à son père.

Récupérant son téléphone, il le glissa dans sa poche et se leva.

5

Kaylee tapotait nerveusement le bout de son escarpin Louboutin sur le sol carrelé.

Son *coffee-shop* attitré était en rénovation cette semaine – un détail qu'elle avait oublié, jusqu'à ce qu'elle voie le panonceau sur la porte la dirigeant vers cet endroit et la remerciant pour sa compréhension.

À en juger par la longueur de la file d'attente, elle n'était pas la seule cliente expatriée et en manque de sa dose de caféine.

Elle sortit son téléphone de son sac pour vérifier l'heure.

Il ne lui restait plus que vingt minutes avant de devoir retourner à sa voiture et se mettre en route. Faute de quoi elle serait en retard au travail.

Même si Max se trouvait en ce moment à des milliers de kilomètres, elle était certaine qu'il avait demandé à son assistante, Sherri, de lui faire un compte rendu quotidien de ce qui se passait au bureau. Or, elle mettait un point d'honneur à ne pas donner à son exigeant frère aîné de raisons de la convoquer à son retour.

Le monde ne s'arrêtait pas de tourner parce qu'il était absent, et il en allait de même pour Whitfield Industries.

D'accord, elle avait démissionné juste avant son départ, mais c'était aussi son nom qui figurait sur l'immeuble.

Ce souvenir était encore douloureux. Ce jour-là, elle avait laissé ses émotions prendre le dessus.

La semaine précédente, Max avait subitement annoncé une faille de sécurité, fermé provisoirement la branche Recherche et développement, et dénoncé leur père aux Fédéraux.

Puis il avait annoncé à Kaylee qu'il partait pour Dubrovnik et que c'était à elle de recoller les morceaux, en tant que fille, directrice de la communication et P-DG par intérim.

Choquée qu'il lui annonce tout cela sans avertissement, elle avait craqué et, dans un élan d'orgueil, elle lui avait donné son préavis de quinze jours.

Vraiment, elle était blessée que Max ne la respecte pas suffisamment pour partager avec elle les décisions cruciales qu'il avait prises.

Mais, à présent que les choses étaient à peu près rentrées dans l'ordre, elle regrettait sa démission.

Les six jours qui s'étaient écoulés depuis que Max était parti lui avaient rappelé ce qu'elle aimait dans la communication : le défi et l'excitation d'inciter les gens à penser et à faire ce qu'elle avait décidé. C'était un talent qu'elle n'avait jamais exercé dans sa vie personnelle, mais elle savait le mettre à profit dans le domaine professionnel.

Oui, elle osait le dire, elle était sacrément douée dans son travail, et c'était dû au fait que, au fond d'elle-même et drame familial mis à part, elle l'adorait.

Comme un fait exprès le téléphone dans sa main vibra, affichant la photo et le numéro de Max sur l'écran.

Elle rejeta l'appel.

Une fois de plus.

Elle était trop occupée et trop énervée pour lui parler maintenant.

Mais, derrière la colère, il y avait une inquiétude dont elle ne parvenait pas à se débarrasser. C'était là, comme gravé au plus profond d'elle.

Même si les membres de sa famille la rendaient dingue, elle ne pouvait s'empêcher de se faire du souci pour eux. Et cette situation ne ressemblait pas à Max.

Non. Elle ne devait pas céder au désarroi.

S'il y avait bien quelque chose que Kaylee savait faire, c'était maîtriser ses émotions. Elle pouvait probablement remercier sa mère et son obsession de la perfection.

« Une femme du monde reste digne et calme en toute occasion. »

Et puis, que Max aille se faire voir.

Elle se rendrait au bureau quand elle en aurait envie. De toute façon, il ne méritait pas cette loyauté dont elle avait du mal à se défaire. Il n'avait pas hésité une seconde à l'abandonner au milieu de la pire crise que l'entreprise ait connue depuis qu'elle y travaillait.

Elle regarda à nouveau son téléphone.

Plus que sept minutes.

Mais la caféine n'était pas en option aujourd'hui.

Elle avait mal dormi durant le week-end, hantée par le souvenir des mains d'Aidan sur elle et de leur étreinte torride.

Seigneur, elle n'aurait jamais imaginé que le sexe puisse être comme ça. Elle ne savait pas si c'était le côté transgressif d'une étreinte quasi publique, le danger de se faire prendre, ou Aidan lui-même.

Peut-être était-ce la combinaison magique des trois.

Cette évocation fit naître un sourire sur ses lèvres.

Au beau milieu de ce café empli de monde, elle redressa les épaules, et les muscles de son estomac se crispèrent sous l'effet d'une vague de désir. Le sexe était bon pour le moral. Elle avait l'impression d'irradier une satisfaction sensuelle.

D'ailleurs, elle s'était fait draguer trois fois en deux jours.

— Eh bien, eh bien…

Disons plutôt quatre fois en trois jours, corrigea-t-elle en entendant la profonde voix mâle derrière elle.

Elle se prépara à affronter fermement et avec indifférence le toujours très classe « qu'est-ce que nous avons là ? » accompagné d'un sourire séducteur mais, quand elle se retourna, son cerveau disjoncta, et elle resta bouche bée.

Ce qui n'était pas plus mal car l'homme derrière elle ne dit pas « qu'est-ce que nous avons là ? »

Non. Il dit :

— Mais on dirait Kaylee Jayne Whitfield.

Et elle n'eut pas de réponse ferme et indifférente. D'autant qu'il la gratifiait de son fameux sourire rebelle – celui qui faisait remonter le coin droit de sa bouche d'une façon tellement sexy…

— Aidan !

Elle fit maladroitement un pas en arrière sur ses hauts talons et trébucha sur le sol glissant.

Aidan tendit le bras pour la retenir, comme il l'avait fait vendredi soir quand ils s'étaient retrouvés nez à nez, mais son téléphone lui avait déjà glissé des doigts.

Le désagréable fracas ne fit aucun doute : l'appareil n'avait pas survécu à sa rencontre avec le carrelage. Pourtant elle ne parvenait pas à s'en soucier, alors que les mains d'Aidan étaient à nouveau sur elle.

Dieu qu'il était beau !

S'exhortant à se ressaisir, elle se libéra et s'accroupit pour récupérer son téléphone, en même temps que lui. Il la battit d'une longueur.

Son beau visage devint sérieux, presque ennuyé, tandis qu'il ramassait l'appareil et l'examinait.

— Mauvaise nouvelle, dit-il.

Il le tourna vers elle pour qu'elle puisse voir l'écran fissuré en plusieurs endroits.

— Il est fichu.

— Aïe !

Elle fit de son mieux pour sourire alors qu'Aidan lui tendait son téléphone hors d'usage, mais les doigts de ce dernier effleurèrent les siens, et elle eut l'impression qu'un courant électrique courait sous sa peau.

Et c'était vraiment problématique, dans la mesure où elle devait se comporter comme une femme adulte et non comme une adolescente empruntée, affublée d'un appareil dentaire et qui dévorait des yeux le meilleur ami de son frère aîné.

Elle se releva très vite en maudissant la cruelle ironie voulant que sa mystérieuse aura de déesse du sexe soit anéantie par celui qui l'avait fait naître.

Elle baissa la tête, laissant ses cheveux dissimuler son visage, et essaya de se faire toute petite pour ne pas attirer l'attention.

Elle ne voulait pas qu'il perce son incroyable secret nocturne en l'identifiant comme étant la femme de la réserve pour les produits d'entretien.

Si seulement elle avait pu à cet instant bénéficier de l'obscurité du club…

— Tiens-toi droite, KJ, plaisanta-t-il.

Sa voix était douce et basse tandis qu'il citait sa mère, y ajoutant le surnom qu'il avait toujours été le seul à employer.

Cela rappela à Kaylee son passé, quand elle avait l'impression qu'il était son seul allié.

Malgré elle, un léger sourire retroussa ses lèvres tandis qu'elle relevait la tête pour le regarder.

Mais la chaste douceur de cet instant se transforma en intense chaleur quand elle croisa son regard.

Il ne l'avait peut-être pas identifiée comme étant la danseuse du club, mais son propre corps reconnaissait chaque centimètre de sa puissante silhouette. Ses seins se durcirent instantanément, et elle fut soulagée de porter un soutien-gorge rembourré sous son chemisier ivoire.

Son puéril béguin pour Aidan n'était dû à rien d'autre qu'à sa gentillesse envers elle, et à son entrée dans la puberté. Mais ce qui se passait à présent était basé sur de torrides souvenirs qui coulaient sous sa peau comme de la lave en fusion. Tout son corps vibrait à l'idée d'être à nouveau dans ses bras.

Il se pencha, et elle sentit la chaleur de son souffle sur sa joue. Son cœur se mit aussitôt à battre à un rythme effréné.

— La file avance.

Elle relâcha le souffle coincé dans sa poitrine en un soupir déçu et s'approcha du comptoir.

— Un *latte* vanille, s'il vous…

Avant qu'elle ait eu le temps de finir sa phrase, Aidan se colla à elle, et la serveuse, distraite, regarda par-dessus son épaule.

— Vous pouvez ajouter un café noir.

Il tendit deux billets, avant même que Kaylee n'ait pu sortir son portefeuille.

— Oh ! mais ce n'est pas à toi de payer…

Elle plongea la main dans son sac.

— Je peux…

Aidan avait saisi son poignet pour immobiliser sa main, et sa voix s'amenuisa jusqu'à devenir silence, tandis que son pouls palpitait follement sous sa peau.

— Ton argent n'est pas accepté ici. N'est-ce pas…

Il jeta un coup d'œil au badge de la serveuse, sous le charme.

— Tanis ?

La fille hocha la tête d'un air rêveur.

En la voyant ainsi, Kaylee se rappela qu'elle-même n'était plus une adolescente, et cela l'aida à reprendre ses esprits.

— Merci, dit-elle, en repoussant une mèche de cheveux derrière son oreille.

— C'est le moins que je puisse faire. Ça fait un bout de temps.

— Euh… Au moins dix ans, je pense.

Même si elle faisait mine d'hésiter, elle le savait parfaitement.

Elle avait dix-sept ans la dernière fois qu'elle l'avait vu, et elle était sur le point de partir étudier à Oxford. À l'époque, ses sentiments pour lui s'étaient un peu calmés – à quoi bon soupirer pour quelqu'un qui ne la verrait jamais autrement que comme une petite sœur –, mais cela ne l'avait pas empêchée de savourer l'accolade qu'il lui avait donnée pour lui dire au revoir.

Personne ne l'avait jamais prise dans ses bras, ni Max, ni sa mère, ni son père. Et cette accolade avait donné du courage à la jeune fille de dix-sept ans quittant son foyer pour la première fois, comme si Aidan lui avait communiqué un peu de sa force et de son esprit aventurier.

Ce moment avait représenté beaucoup pour Kaylee.

C'était bon de penser que quelqu'un croyait en elle.

— Alors, qu'est-ce que tu as fait de beau depuis tout ce temps ? demanda-t-il.

Elle afficha une attitude désinvolte.

— L'université, un job d'adulte… Rien d'extraordinaire.

Elle ne voulait rien dire qui puisse compromettre leur camaraderie.

En outre, elle ne savait pas de quelle façon Aidan et Max étaient devenus ennemis mortels. Mieux valait éviter de mentionner qu'elle était directrice de la communication de la société fondée par sa famille et dirigée par son frère.

Mais Aidan voyait les choses autrement.

— Non. On ne me la fait pas à moi. Ne sois pas modeste et dis-moi plutôt comment tu as tiré profit de tes études à Oxford.

Le fait qu'il s'en souvienne l'émut plus qu'elle ne l'aurait cru possible.

Elle haussa les épaules pour donner le change.

— Pour l'essentiel, j'écris des communiqués de presse et je gère les relations avec les journalistes. De temps en temps, un scandale survient, et les choses deviennent intéressantes.

Les mots étaient sortis de sa bouche sans qu'elle y ait réfléchi, et la douleur de la situation actuelle lui fit l'effet d'un coup de couteau dans l'estomac. Max avait accepté de porter un micro pour le compte du FBI, afin de prouver que leur père faisait chanter Emma Mathison, la directrice du département Recherche et développement de SecurePay. À présent, Charles était assigné à résidence et portait un bracelet électronique à la cheville, après avoir versé une caution de cinq millions de dollars.

— Et toi ? demanda-t-elle, d'un air enjoué. Qu'as-tu fait de ces dix dernières années ?

Il sourit, affichant des dents d'une blancheur éclatante.

— Avant ou après que je me suis lassé d'élever des taureaux en Espagne ?

Elle ne put s'empêcher de lui rendre son sourire.

Elle avait toujours adoré les histoires d'Aidan. C'était pour cette raison qu'elle avait supplié sa mère de la laisser étudier à l'étranger. En fait, c'était plutôt pour échapper aux critiques incessantes de Sylvia, mais les histoires d'Aidan lui avaient donné le courage de persévérer, de monter dans l'avion quand sa mère avait étonnamment cédé et accepté de la laisser partir.

— Menteur.

Sa bouche devint aussi sèche que du carton quand il souleva l'ourlet de son T-shirt sur le côté, révélant la cicatrice en travers de ses côtés, celle-là même qu'elle avait suivie du bout des doigts lors de leur étreinte dans la réserve. Ça avait dû lui faire un mal de chien mais, bon sang, ce que c'était sexy !

Les deux dames d'un certain âge qui papotaient à une table voisine ne perdirent pas une miette du délicieux spectacle.

Ne s'en souciant pas le moins du monde, Aidan laissa retomber le coton blanc.

— Vingt points de suture.

La serveuse déposa leurs cafés sur le comptoir.

— Tu veux t'asseoir un moment avec moi ? demanda Aidan.

Kaylee en avait terriblement envie. Mais elle avait une réunion qu'elle ne pouvait absolument pas annuler, et la prudence lui dictait de s'en aller avant que son secret ne soit découvert.

— Je suis désolée. Il faut vraiment que j'aille travailler. Mais ça m'a fait plaisir de te revoir.

— Et ce soir ?

— Quoi ?

— Lounge 360, à 21 heures. Je t'offre un verre.

Elle n'aurait pas dû accepter.

— J'y serai.

Il n'aurait pas dû lui parler. Il n'y avait pas besoin de contact pour installer le logiciel de Liam. Il lui suffisait de s'approcher. C'était ça qui était prévu.

Elle ne l'avait pas remarqué quand il avait pris place derrière elle dans la fille d'attente. Mais il n'avait pas été capable de tenir sa langue.

Dans son esprit, elle était toujours cette adolescente dégingandée et timide, avec un appareil dentaire, qui le regardait comme s'il était capable de décrocher la lune.

Quant à lui, s'il lui prêtait un tant soit peu d'attention, c'était parce qu'elle lui semblait tellement… seule. Il avait de la peine pour elle. Sylvia Whitfield était constamment sur son dos :

« Kaylee, tiens-toi droite ; Kaylee, recoiffe-toi, tu ne ressembles à rien comme ça ; Kaylee ne parle pas aussi fort. »

Et Max se comportait bizarrement avec sa petite sœur, gardant toujours ses distances.

Mais elle n'était plus aujourd'hui une gamine étrange et mal dans sa peau.

Et la curiosité d'Aidan n'avait pas été satisfaite par le bref coup d'œil qu'il avait jeté à son profil dans le parking, tandis qu'il attendait de voir si elle allait venir comme le lui avait dit son informateur.

Il avait envie de voir la femme qu'elle était devenue, et il avait enfreint sa propre règle en lui parlant.

Éblouissante.

Telle avait été sa première pensée quand elle s'était tournée vers lui.

Puis ses yeux noisette avaient exprimé la surprise, et elle avait rougi. Ses lèvres pleines, luisant de gloss, s'étaient ouvertes en un O inconsciemment provocateur, qui l'avait saisi aux tripes, avant qu'elle n'ait un mouvement de recul.

Il ne s'attendait pas à cette attirance, mêlée à une impression de familiarité, quand il lui avait pris le bras pour l'aider à retrouver son équilibre.

Un bref instant, il s'était demandé si elle l'avait ressenti aussi ou si c'était uniquement l'effet de surprise qui lui avait fait lâcher son téléphone, brisant à la fois l'écran et l'espoir d'Aidan d'installer discrètement le logiciel espion.

Ça lui apprendrait à se laisser mener par ses émotions.

Il ne lui restait plus maintenant qu'à espérer qu'elle aurait remplacé son téléphone d'ici leur prochain rendez-vous.

Faute de quoi, il aurait bel et bien perdu sa journée.

6

Kaylee arriva au bureau onze heures et quarante-six minutes avant l'heure de son rendez-vous avec Aidan.

Ce qui voulait dire aussi qu'elle était en retard de quarante minutes pour la réunion avec Soteria Security, où elle était supposée remplacer Max.

— Désolée de vous avoir fait attendre tous les deux, dit-elle. Un léger problème avec mon téléphone.

Et, pour prouver qu'elle ne mentait pas, elle déposa l'appareil sur la table de conférence, écran vers le haut.

Plaçant son gobelet de café à côté, elle prit place dans l'un des élégants et confortables fauteuils en cuir.

— Mince, dit Jesse Hastings, avec une grimace. Je déteste voir souffrir un de ces petits bijoux.

Kaylee n'en doutait pas. En tant que geek patenté et membre de l'équipe de cybersécurité appointée par Whitfield Industries, Jesse ne pouvait que partager sa contrariété.

— Moi aussi, rétorqua-t-elle. Mais je déteste encore plus l'idée de sacrifier ma pause déjeuner pour le remplacer.

— Tenez. Prenez celui-ci.

Kaylee écarquilla les yeux en voyant Wes Brennan, le plus calme et le plus sérieux des deux, sortir de sa poche un téléphone dernier cri.

— Vous êtes sérieux, Wes ?

— Oui, franchement, tu es sérieux, Wes ?

Jesse secoua la tête, avant de s'adresser à Kaylee.

— Je lui ai donné ce matin, après avoir passé des heures à le configurer comme il le voulait.

Wes haussa les épaules.

— Mon ancien téléphone est encore très bien. D'autant que je lui ai apporté quelques améliorations, la semaine dernière. Du coup, je n'ai pas activé celui-ci. Donnez-moi votre téléphone, que je récupère votre carte SIM.

Après la réunion, Kaylee passa le reste de la journée à se débattre avec les soucis quotidiens inhérents à la gestion d'une entreprise de plusieurs millions de dollars.

Elle se doutait que Max travaillait dur, mais elle n'avait pas réalisé à quel point.

En étant aux premières loges, elle ouvrait les yeux sur la différence entre le management paternaliste et quasi despotique de leur père et l'approche plus interactive de Max, qui lui valait d'être très apprécié par ses employés.

Entretenant des relations distantes avec son frère, elle n'avait finalement aucune idée du genre de patron qu'il était.

En, tous cas, elle comprenait mieux maintenant pourquoi il travaillait aussi tard, et elle dut se forcer à quitter le bureau à 20 heures, de façon à avoir le temps de se changer avant de retrouver Aidan.

Le bar choisi par Aidan était beaucoup plus classe que ce à quoi Kaylee s'attendait. Des panneaux en acajou couvraient les murs, des lustres en cristal diffusaient une lumière tamisée, tandis qu'une immense baie vitrée offrait une vue à couper le souffle sur la ville.

C'était un endroit raffiné et intime pour prendre un verre.

Elle pressa une main sur son ventre pour apaiser sa soudaine nervosité.

Alors qu'elle se préparait, son orgueil féminin s'était réveillé au souvenir de l'indifférence polie dont il avait fait preuve en tombant par hasard sur elle au *coffee-shop*. Tandis qu'elle était ravagée par le désir, il n'avait pas l'air de se rendre compte qu'elle était une femme.

En réaction, elle avait un peu forcé sur le maquillage, ajoutant des faux cils et choisissant la nuance de rouge à lèvres qu'elle portait sur scène. Puis elle avait enfilé sa tenue la plus sexy – une petite robe noire qui mettait ses courbes en valeur, sans être trop moulante – en espérant lui donner une impression de déjà-vu.

C'était de la folie. Au départ, son but était qu'il ne la reconnaisse pas. À présent, elle faisait tout pour réveiller sa mémoire.

Comment réagirait-il s'il remarquait quelque chose ?

« Kaylee, arrête de te tortiller. »

La voix de sa mère résonnait dans sa tête. Même si cela faisait dix ans qu'elle vivait seule, les réprimandes de Sylvia étaient toujours présentes.

— Je peux avoir une tequila, s'il vous plaît ?

Avec un tel choix, elle voulait à la fois se donner du courage et faire comprendre à sa mère qu'elle n'avait aucun pouvoir ici.

Le barman la servit, et elle savoura la brûlure de l'alcool dans sa gorge.

Elle pouvait le faire, s'encouragea-t-elle.

C'était juste des retrouvailles entre deux vieux amis. Il n'avait absolument pas fait le lien avec Lola ce matin. Elle avait été la seule à se noyer dans un flot d'endorphines. Lui, il était resté froid et au-dessus de tout ça.

Comme toujours.

Le *golden-boy* dans toute sa splendeur. Suprêmement indifférent, tandis que les femmes tombaient comme des mouches sur son passage.

Kaylee posa son verre sur le comptoir avec plus de force que nécessaire.

— Je vais en prendre un autre.

Avec un sourire, le barman attrapa la bouteille et la resservit.

— Je vais prendre la même chose.

La voix profonde la fit sursauter, et elle cilla en dévisageant l'homme à côté d'elle.

Il était assez beau, dans le genre propret et lisse des pop stars d'aujourd'hui. Cheveux châtain clair, sourire ultra-blanc, digne d'une publicité pour un dentifrice, costume classe…

Rien de tel qu'un petit flirt sans conséquence pour apaiser sa nervosité.

— Rick, dit-il.

— Kaylee.

Il leva son verre.

— À un agréable moment avec une jolie femme.

C'était un toast adorable, mais qui ne lui fit ni chaud ni froid.

Ils entrechoquèrent leurs verres et burent le contenu d'un trait.

— On commence sans moi ?

Un courant électrique traversa Kaylee, l'incitant à se redresser sur son tabouret.

Même la voix d'Aidan était sexy comme le péché.

À cet instant, elle comprit pourquoi aucune de ses relations précédentes n'avait fonctionné. Elle avait besoin de ce frisson d'interdit provoqué par la transgression des convenances. Elle craquait pour les plaisirs défendus, le secret… Et son coup de cœur d'écolière pour Aidan avait été son premier secret.

C'était vraiment déconcertant que ça dure encore dix ans après…

Elle se tourna vers lui.

Aidan portait un T-shirt en coton ivoire, avec une patte de boutonnage à l'encolure, un blouson de cuir noir à col Mao et manches surpiquées, un jean noir et des bottes de moto.

Il n'était pas simplement beau. Il était dangereusement sexy.

Elle salivait rien qu'en le regardant.

— Salut, marmonna-t-elle.

Il adressa un petit signe de tête à son voisin mais la regarda à peine en prenant place à côté d'elle.

— On va reprendre la même chose, dit-il au barman.

Celui-ci remplit à nouveau le verre de Kaylee,

avant d'en prendre un propre pour son nouveau client.

Aidan attendit qu'il commence à verser la tequila pour ajouter :

— Et un autre pour mon ami à côté.

Rick secoua la tête.

— Non, ça va, vieux.

— J'insiste. Disons que c'est ma façon de vous remercier d'avoir tenu compagnie à mon amie jusqu'à ce que j'arrive.

L'adolescente de quinze ans qui était en elle avait envie de pousser des cris de joie en relevant l'emploi de l'adjectif possessif. Mais l'adulte qu'elle était désormais savait qu'il ne s'agissait que d'une manifestation de rivalité masculine.

Visiblement piqué au vif, Rick posa son verre sur le bar pour que le barman puisse le remplir, sans rompre le contact visuel avec Aidan.

— Aux nouveaux amis, déclara Aidan, en levant son verre.

« Aux situations bizarres » aurait été plus approprié, songea Kaylee, tandis qu'ils vidaient leurs verres d'un trait.

— Tu bois quoi ? demanda Aidan.

— Euh…

Elle s'adressa au barman.

— Je crois que je vais essayer la cuvée du patron.

— Et moi, je prendrai un Macallan dix-huit ans d'âge, sans glace.

Aidan sortit son portefeuille de sa poche arrière et jeta deux cents dollars sur le bois sombre du comptoir.

Le barman les servit en un temps record, espérant peut-être impressionner Aidan par son efficacité et ne pas avoir à rendre la monnaie. Son pari fut payant.

Aidan prit son verre et tendit le sien à Kaylee. Puis il se tourna vers le troisième protagoniste de cette petite scène.

— Désolé, vieux, je n'ai pas saisi votre nom.

Vexé, Rick se redressa de toute sa hauteur, mais il mesurait une bonne tête de moins qu'Aidan et son mètre quatre-vingt-dix.

— C'est Rick.

Kaylee vacilla sur ses jambes quand la main d'Aidan se posa dans le creux de son dos, et son vin tangua dangereusement près du rebord de son verre.

— Vous nous excusez, Rick ? Notre table est prête.

Et, sur ces mots, Aidan l'escorta jusqu'à une table très bien placée près de la fenêtre.

Jeu, set et match.

Kaylee savoura le côté théâtral de leur sortie et, même si elle était à peu près sûre qu'il lui tenait la chaise uniquement pour impressionner

Rick, elle appréciait quand même de voir Aidan Beckett aussi chevaleresque avec elle.

Elle le regarda s'asseoir, admirative de sa confiance en lui, de la façon dont il occupait l'espace. Plus jeune, elle était d'autant plus fascinée par son aisance qu'elle n'aspirait qu'à se faire toute petite pour échapper aux critiques de sa mère.

Les règles du savoir-vivre exigeaient qu'elle dise maintenant quelque chose d'innocemment charmant. En le complimentant par exemple sur le choix du lieu.

Mais sa fibre rebelle, qui était le poison de l'existence de sa mère, se réveilla. Et au lieu d'ouvrir la conversation par des banalités, elle alla droit au but.

— Et alors, c'était quoi ce comportement de macho ?

Aidan fit mine de ne pas comprendre.

— J'étais au milieu d'une conversation très agréable. Ça aurait pu être le début d'une belle histoire d'amour.

— Quoi, avec ce type ?

Il secoua la tête.

— Ce n'est pas ton genre.

— Ah bon, et pourquoi ? Parce qu'il est trop beau ? Trop charmant ?

— Trop ennuyeux.

Kaylee inclina la tête et leva un sourcil, tout en le regardant porter son verre à ses lèvres.

Les muscles de sa gorge jouèrent lorsqu'il déglutit et, juste comme ça, le désir viscéral qui la torturait dès qu'elle était près de lui commença à chatouiller ses terminaisons nerveuses.

Lorsqu'elle était adolescente, elle ne ressentait qu'une vague agitation, ne comprenant pas ce que son corps demandait. Aujourd'hui, elle savait précisément ce qu'elle voulait d'Aidan, et comment il pouvait l'enflammer.

— Qu'est-ce que tu en sais ? demanda-t-elle.

Posant les coudes sur la table, il croisa les mains et se pencha en avant.

Il avait des mains sexy. Grandes. Fortes. Habiles. Quelques cicatrices et callosités empêchaient qu'elles soient parfaites.

Leurs défauts ne les rendaient que plus attirantes.

Elle pouvait encore les sentir courir sur son corps si elle se concentrait. Ce qu'elle avait fait sous la douche avant de se préparer pour venir. Elle avait pensé que cela l'apaiserait un peu de se donner du plaisir. Au lieu de quoi, elle était encore plus excitée.

— Il n'a pas fait un geste quand je t'ai ravie sous son nez. Tu mérites mieux que ça.

— Tu parles !

Elle ricana pour donner le change, secrètement flattée par son commentaire.

— Le fait de ne pas vouloir affronter un grand type en blouson de cuir, qui ne ferait qu'une bouchée de lui, prouve surtout qu'il est intelligent.

Aidan se cala contre le dossier de sa chaise, l'air amusé.

— Quoi ? dit Kaylee.

Il secoua la tête.

— Rien.

Il laissa passer une seconde, le regard pétillant de malice.

— Et merci, au fait.

— De quoi ?

— De penser que je ne ferais qu'une bouchée de lui. Mais tu as tort de croire qu'il est intelligent. Si c'était le cas, c'est lui qui serait assis à ma place.

Le compliment réchauffa le cœur de Kaylee et, pour mieux cacher son embarras, elle s'empressa de boire une gorgée de vin. Elle comprit aussitôt son erreur. L'alcool ne faisait qu'attiser son émotion.

— Donc, la morale de ton histoire, c'est qu'il ne faut pas faire confiance aux types en costume ?

Sa plaisanterie n'eut pas l'effet escompté. L'expression d'Aidan se fit sérieuse.

— La morale de mon histoire, c'est qu'il ne faut faire confiance à personne.

— Sauf à toi.

Aidan but une gorgée de whisky et reposa son verre en secouant la tête.

— Pas même à moi. Les gens sont fondamentalement égoïstes, KJ. Ils font toujours passer leur intérêt avant le tien. Il faut apprendre à se suffire à soi-même.

— Ça a l'air d'être une façon de vivre très solitaire.

— Tu crois que je suis solitaire ? demanda-t-il en levant un sourcil et en se calant dans son siège.

À peine eut-il posé la question que Kaylee repéra au moins six femmes qui le regardaient comme si elles ne demandaient pas mieux que de le sortir de cet état.

— Coucher avec des inconnues dans des arrière-salles ne veut pas dire que tu n'es pas solitaire.

Aidan se crispa, et Kaylee se demanda ce qui lui était passé par la tête.

Elle prenait des risques. D'accord, elle était peut-être un peu vexée qu'il n'ait pas fait le lien, mais que voulait-elle au juste ? Garder son secret ? C'est ce qui avait fait tout le piquant de leur étreinte. Son côté clandestin. Et il valait mieux que ça reste comme ça.

— Tu as changé, remarqua-t-elle.

Le charmant garçon dont elle avait gardé le souvenir avait le sourire et la blague faciles. L'homme qui était devant elle était plus complexe, plus dur. Il s'exprimait toujours avec aisance, mais il semblait plus économe de ses gestes et de ses paroles.

Elle finit son verre d'un trait et s'essuya la bouche d'un revers de main fort peu élégant qui aurait scandalisé sa mère.

Bon sang, elle se sentait bien soudain. Libre. Comme si elle flottait un peu.

— Je vais me repoudrer le nez, dit-elle.

Elle avait tellement envie d'aller aux toilettes qu'elle ne prit même pas la peine d'emporter son sac, afin de perpétuer le mensonge que les femmes utilisaient depuis des décennies pour s'excuser.

7

Tout en regardant Kaylee s'éloigner, Aidan plongea la main dans sa pochette rebrodée de paillettes et en sortit son téléphone avec une rapide efficacité.

Il le posa à côté du sien sur la table et fit la manipulation permettant de télécharger le *malware*. Kearney ne plaisantait pas à propos de la facilité d'installation. Lorsque ce fut terminé, il remit le téléphone en place, ni vu ni connu.

Noyant une vague culpabilité dans sa dernière gorgée de whisky premium, il remarqua que Rick était toujours au bar et flirtait avec une autre femme qui n'arrivait pas à la cheville de Kaylee.

Ce qui s'était passé un peu plus tôt ne voulait pas dire grand-chose. Il avait juste voulu protéger une amie contre les avances d'un crétin. En outre, il était à cran depuis qu'il était revenu à Los Angeles. Il n'avait qu'une hâte : terminer ce qu'il avait à faire ici et mettre les voiles.

Mais il n'était pas préparé à la nostalgie que

Kaylee avait réveillée en lui. Il avait réalisé qu'il était seul depuis un bout de temps, et il s'était demandé à côté de quoi il était passé.

Et c'était un chemin hasardeux qu'il avait emprunté. Truffé de pensées dangereuses. Qui concernaient Kaylee.

Il l'avait toujours considérée comme une petite sœur. Les Whitfield étaient comme sa famille. Enfin, plus maintenant. Aujourd'hui, ils étaient ses ennemis, et il ferait bien de ne pas l'oublier.

Lorsque Kaylee revint, elle trébuchait. Elle posa une main sur son épaule pour se stabiliser, et Aidan ressentit une étrange chaleur se propager dans tout son bras.

— Désolée, dit-elle en gloussant.

Puis elle se laissa tomber sur sa chaise avec moins de grâce que la première fois.

Il remarqua la rougeur de ses joues.

L'aspect vitreux de ses yeux.

Il calcula qu'elle avait bu deux tequilas et un verre de vin rouge. Elle n'était pas ivre, mais elle flottait un peu. Il aurait mieux fait de l'inviter à dîner.

Il songea vaguement que Max serait furieux s'il l'apprenait, puis il s'en voulut de cette pensée. Max n'était plus son problème depuis longtemps.

Kaylee, en revanche…

— Ça va, fillette ? demanda-t-il.

— Super bien, dit-elle avec un enthousiasme excessif.

— Et si je te raccompagnais chez toi ?

Le visage de Kaylee s'illumina.

— Génial. Je n'ai jamais fait de moto avant.

Il se leva et elle l'imita, mais beaucoup plus lentement.

— Et tu n'en feras pas non plus ce soir.

Elle lui fit ses yeux de chien triste.

— Je n'ai pas envie que tu ailles embrasser le pavé.

Il se pencha pour prendre sur la table le sac qu'elle avait oublié et le lui mit dans les mains.

— Max et moi avons déjà assez de problèmes comme ça.

— Max s'en ficherait.

L'amertume vibrait dans son intonation.

— Enfin, ce serait peut-être contrariant pour lui parce qu'il devrait engager une nouvelle directrice de la communication. Mais, de toute façon, il sera bien obligé de le faire puisque j'ai démissionné. Moi, j'ai dit ça uniquement pour qu'il me demande de rester, mais il ne l'a pas fait. Il s'en moque éperdument.

Aidan l'observa tandis qu'ils quittaient le bar

et entraient dans l'ascenseur. Était-ce vraiment ce qu'elle pensait ? Qu'elle ne signifiait rien pour son frère ?

L'envie de défendre son ancien ami lui vint sur le bout de la langue, mais il se retint.

Que Max aille se faire voir ! Sa vie ne le regardait plus. Ce salaud n'avait qu'à se débrouiller tout seul.

Aidan appuya sur le bouton du rez-de-chaussée avec plus de force que nécessaire.

— Et s'il y a bien quelque chose que Max déteste, continua Kaylee, c'est d'être contrarié.

Elle gloussa nerveusement.

— Ma mort le contrarierait sûrement beaucoup.

Elle se tut un moment, et il sentit qu'elle le regardait, même s'il veillait à garder les yeux fixés devant lui.

— Tu ne peux pas comprendre parce que Max t'adore… Enfin, plus maintenant, mais c'était le cas avant. Que s'est-il passé entre vous ?

Ce n'était ni le moment ni l'endroit pour discuter de ça. Et ce n'était assurément pas à elle qu'il pouvait le dire. On n'expliquait pas le plan de bataille à la grenade. Surtout quand on n'avait aucune idée de son implication.

Heureusement, les portes s'ouvrirent, et il lui prit le coude pour l'inciter à sortir plus vite.

L'air nocturne était chaud et immobile, saturé

des odeurs de la ville : goudron chaud, crasse, urine…

— Où est ta voiture ? demanda-t-il.

Elle s'écarta de lui et tourna lentement sur elle-même, essayant de se repérer.

Des types qui passaient lui jetèrent un regard appuyé, et Aidan ressentit de l'agacement.

Ôtant son blouson, il le lui tendit.

— Mets ça.

Sa robe était sexy mais classe, laissant une petite place à l'imagination au lieu de tout dévoiler.

— Tu vas finir par ne plus avoir de blousons, si ça continue, marmonna-t-elle.

— Tu as une clé quelque part, KJ ?

Elle lui tendit sa pochette, et il fouilla dedans tandis qu'ils se dirigeaient vers l'Audi gris métallisé qu'elle avait laissée sur un emplacement payant à proximité.

Il l'installa sur le siège passager et boucla sa ceinture. Puis il la rejoignit à l'intérieur de la voiture, non sans avoir reculé le siège à fond et modifié le réglage du rétroviseur.

— Ah, c'est une boîte manuelle, remarqua-t-il.

— Eh oui, mon cher, je suis très douée de mes mains. Si ça t'intéresse, je peux te faire une démonstration.

Elle gâcha le sous-entendu grivois en laissant échapper un hoquet.

— J'espère que tu te souviens où tu habites, dit-il d'un ton brusque, en essayant de rétablir la distance polie qu'il avait réussi à respecter une partie de la soirée.

Elle le guida jusqu'à un immeuble élégant, et la carte magnétique leur donna accès au parking en sous-sol.

Il coupa le moteur, et le silence s'abattit sur eux.

Tournant la tête, il découvrit qu'elle avait les yeux fermés. Ses longs cils projetaient des ombres sur ses joues. Sa bouche s'étirait légèrement, comme si elle était au beau milieu d'un très bon rêve.

L'instinct de survie le poussa à défaire sa ceinture sécurité et à sortir de la voiture. Il claqua brutalement la portière dans l'espoir de la réveiller, car il ne se faisait pas confiance pour la toucher.

Il contourna la voiture et ouvrit la portière du côté passager.

— Allez, on se réveille et on monte.

— Je suis trop fatiguée. Je vais dormir ici, marmonna-t-elle, en se recroquevillant dans le siège de cuir noir.

— Je ne serais pas un gentleman si je te laissais dormir dans ta voiture, protesta-t-il.

Avec un soupir, elle lui tendit la main et, au mépris de toute prudence, il la prit.

— Tu as passé ton temps à me répéter que

tu n'étais pas un gentleman, rétorqua-t-elle quand elle fut debout devant lui.

Elle était grande, constata-t-il. Et ses talons lui donnaient quelques centimètres de plus.

Il aurait suffi qu'il se penche pour que leurs bouches s'alignent parfaitement.

— Aidan ?

Elle avait l'air un peu essoufflé en prononçant son prénom, et un élan de désir monta dans son bas-ventre.

— Ouais ?

— J'ai oublié mon sac.

Il relâcha son souffle pendant qu'elle se retournait.

Il n'avait pas l'intention de fixer ses fesses tandis qu'elle plongeait en avant dans la voiture, un genou posé sur le siège.

Sa bouche devint sèche. Il n'y avait aucune démarcation de culotte.

— Je l'ai !

Sa voix était triomphante quand elle se redressa, en abaissant sa robe sur ses cuisses fuselées.

Agitant la pochette sous son nez, elle passa devant lui.

— Bon sang, j'aurais dû demander des petits fours. Je meurs de faim.

Ses pas titubants résonnèrent sur le béton alors qu'elle se dirigeait vers l'ascenseur.

Aidan avala sa salive et ferma la portière.

Après avoir verrouillé la voiture à l'aide de la télécommande, il prit un instant pour se rajuster. Puis il rejoignit Kaylee.

Non, il n'était vraiment pas un gentleman.

8

Ils arrivèrent sans embûche jusqu'à l'ascenseur. Pourtant, vu l'état d'ébriété dans lequel elle se trouvait, Kaylee avait, de toute évidence, une très mauvaise appréciation de la place qu'elle prenait.

À chaque fois qu'elle frôlait Aidan, ce qui était fréquent, la libido et le cerveau de ce dernier entraient en guerre.

Le soulagement qu'il aurait pu ressentir quand ils arrivèrent à son étage fut gâché par son incapacité à se concentrer sur autre chose que le balancement de ses hanches, tandis qu'il la suivait jusqu'à sa porte.

Elle s'affala contre le mur pendant qu'il déverrouillait la serrure.

Il s'écarta.

— Après toi.

Avec un effort, elle se dissocia du mur, abandonnant le blouson et ses chaussures au fil de sa déambulation.

Aidan la suivit.

C'était un bel endroit.

Évidemment.

Classe. Des meubles anciens qu'on assimilait immédiatement à un milieu fortuné. Rangé. Élégant. Ne laissant rien paraître de ce qui se passait sous la surface.

Exactement comme la propriétaire.

Il entra dans la cuisine.

— Où sont les verres ?

Sa question arrêta Kaylee dans sa progression. Elle fit marche arrière pour le rejoindre et indiqua un placard.

Aidan choisit le plus grand verre et le remplit au robinet.

— Bois ça.

— Je n'ai pas soif.

— Bois quand même.

Il s'efforça d'ignorer le danger qu'il y avait à se trouver aussi près d'elle. Il avait gardé d'elle le souvenir d'une gamine attachante qui lui faisait pitié. Mais les années avaient passé. Les choses avaient changé…

Avec un soupir, Kaylee prit le verre, but une gorgée en grimaçant et vida le reste dans l'évier.

— Tu veux connaître un secret ?

Elle aussi avait changé, mais il ferait mieux de ne pas le remarquer.

— J'étais un peu amoureuse de toi, autrefois.

Il y avait dans sa confession quelque chose

d'adorable qui lui permit de se ressaisir. Il revoyait soudain la gamine timide qui ne lui inspirait rien d'autre que des élans fraternels.

— Ce n'est pas un secret, KJ.

Mais le sentiment n'était pas partagé.

— Ce n'est pas ce que tu es censé répondre !

Son air offensé était trop mignon.

Il se détendit un peu tandis qu'ils retrouvaient leurs anciens rôles, lui consolateur, elle exaspérante.

— Qu'est-ce que je devais dire ?

— Quelque chose de galant. Ou de gentil. Mais pas ça en tout cas.

— C'est noté. Et maintenant, on va au lit.

Il regretta immédiatement ses paroles, tandis que quelque chose de sombre et de sexy surchargeait l'air entre eux, transformant sa phrase innocente en une proposition lascive.

— Tu apprends vite, murmura-t-elle. C'est déjà beaucoup mieux.

Elle se rapprocha et laissa courir ses doigts sur son torse.

Il lui saisit le poignet, immobilisant sa main.

Elle fixa ses lèvres, et il sentit son pouls s'accélérer.

— Tu as envie de moi ? demanda-t-elle.

Il plissa le front, médusé. Ce n'était assurément pas la Kaylee dont il se souvenait.

— Quoi ?

Elle baissa le regard vers sa braguette.

— Je te fais bander ?

Le corps d'Aidan réagit, au mépris de sa volonté, et Kaylee sourit triomphalement.

— Moi, j'ai envie de toi, en tout cas.

— Tu as bu. Tu ne sais pas ce que tu dis.

— Tu veux parier ?

Elle mordit sa lèvre inférieure et lui lança une œillade torride.

— Je sais exactement ce que je dis, et ce que je veux.

Quelque chose dans son intonation fit qu'il la crut.

— Et tu sais ce que je crois ? ajouta-t-elle. Je crois que tu baises comme un dieu.

— Bon sang, Kaylee !

Il laissa retomber sa main et fit un pas en arrière.

Elle était beaucoup plus dangereuse qu'il ne le pensait.

— Quoi ? Je peux dire « baiser » si j'en ai envie. Je suis une femme adulte.

— Tu ne te comportes pas comme telle.

C'était une défense assez faible, mais Aidan avait essayé de mettre toute sa conviction dans son intonation.

Cela n'eut pas beaucoup d'effet sur Kaylee, à part de lui arracher une boue boudeuse.

— On dirait ma mère.

Il passa une main sur son visage et eut un rire gêné.

— Oui, c'est vrai. Au fait, comment va Sylvia ?

— Le dragon règne toujours d'une main de fer. Attends…

Elle secoua la tête, se mit à tanguer, et se rattrapa d'une main au comptoir de la cuisine.

— Pourquoi on parle de ma mère ? N'espère pas t'en sortir comme ça.

Aussi têtue que belle, songea Aidan, avec accablement.

Il essayait de venger son père, de détruire la famille qui avait ruiné la sienne. Kaylee était son ennemie, il ne devait pas l'oublier. La petite sœur de Max. Il n'était pas censé avoir envie d'elle.

Elle le fixait avec un drôle d'air.

— La petite sœur de Max.

Il sursauta.

— Quoi ?

— C'est tout ce que tu vois, n'est-ce pas ?

Elle paraissait déçue, et il ne comprenait pas pourquoi.

— C'est tout ce que tu es pour moi.

Elle s'approcha, testant cette remarque, mettant sa volonté à l'épreuve.

— Prouve-le.

Ses mains se posèrent sur son torse, remontèrent vers ses épaules, caressèrent sa nuque.

— Embrasse-moi.

C'était agréable de la sentir pressée contre lui. Beaucoup trop agréable.

Il lui fallut une volonté de fer pour la repousser.

— Pas ce soir.

Ni aucun autre soir, lui rappela sa conscience.

La lueur blessée dans son regard lui fit mal, mais son expression se modifia presque aussitôt.

— Je vais te faire changer d'avis, Aidan.

— Non. Allez viens, ça suffit maintenant.

Il passa un bras sous ses genoux et la souleva, bien qu'elle fût parfaitement capable de marcher.

Elle se blottit contre lui et, pendant un bref instant, il s'autorisa à savourer ce contact.

Il la porta jusqu'à la chambre et mit un peu trop de temps à la poser. Tout comme elle mettait un peu trop de temps à dénouer les bras de son cou.

La chambre était *girly*, avec un lustre en cristal, un baldaquin et beaucoup trop de coussins sur le lit, mais le matelas était large – probablement un *king-size*.

Et il valait mieux qu'il ne se concentre par trop sur le lit.

Kaylee se tourna et lui jeta un regard par-dessus son épaule.

— Tu peux m'aider ?

Elle releva ses cheveux d'une main et les entortilla, révélant la ligne gracieuse de son cou.

— Avec ma robe.

Aidan avala péniblement sa salive tandis qu'il saisissait entre ses doigts l'attache de la fermeture à glissière.

Ça ne pouvait pas arriver pendant qu'elle était ivre.

Cette pensée le stoppa net. Ça ne tournait pas rond dans sa tête.

Ça ne pouvait pas se produire non plus quand elle était sobre.

Ça ne devait pas avoir lieu, quelles que soient les circonstances.

Mais, même en ayant conscience de cela, son sexe refusait d'obéir à son cerveau, réagissant plutôt au crissement de la fermeture à glissière qu'il abaissait lentement, à la découverte de la peau soyeuse de son dos…

Il avait envie de suivre du bout des doigts le dessin de sa colonne vertébrale.

De défaire l'agrafe de son soutien-gorge pourpre.

De faire glisser la robe sur ses épaules.

De la coucher sur le lit et de la posséder jusqu'à ce qu'ils soient tous les deux trop faibles pour bouger.

Bon sang, il fallait qu'il sorte de là.

— Je vais te chercher de l'eau pendant que tu te changes.

Sa voix était rauque de désir, et il se le reprocha

tandis qu'il tournait les talons et quittait la chambre.

Mais sa conscience n'en avait pas encore terminé avec lui.

En voyant que tout un mur du salon était occupé par des rayonnages croulant sous les livres, il se rappela que Kaylee avait toujours le nez dans un bouquin lorsqu'elle était adolescente.

Le souvenir de la douce et studieuse jeune fille qu'elle avait été l'envahit de culpabilité, et il jura entre ses dents. Ce n'était pas parce qu'il l'aimait bien autrefois qu'il allait modifier ses plans.

Il était ici pour détruire Max et il n'avait pas d'autre choix que de se servir de Kaylee pour parvenir à ses fins.

Il n'y avait pas de place pour les sentiments, et encore moins pour le désir.

Kaylee et lui ne pouvaient pas être ensemble. Elle n'était qu'un moyen pour infiltrer le monde de Max. Rien de plus.

Lorsque Aidan revint dans la chambre avec la bouteille d'eau, Kaylee était couchée sur le ventre.

Un genou remonté vers sa poitrine, offrant une vue spectaculaire sur ses fesses rebondies que mettait en valeur un string de dentelle pourpre, elle ronflait doucement.

Dieu merci.

Aidan posa la bouteille sur la table de chevet, à côté d'une pile de livres.

Ce fut le moment qu'elle choisit pour se retourner.

Il aperçut alors une marque sur sa peau, juste en dessous du bonnet de son soutien-gorge.

Il eut l'impression que tout devenait immobile et silencieux.

Une seconde.

Ce fut le temps nécessaire à son esprit pour identifier un papillon et se rappeler où il l'avait vu.

Dans une réserve mal éclairée.

Dans un bar plus ou moins mal famé.

Sur une femme qui l'avait rendu fou, lui faisant découvrir des sommets de sexualité encore jamais atteints.

Eh bien, ça alors !

9

Les coups de marteau dans la tête de Kaylee lui apprirent qu'elle avait un problème avant même qu'elle n'ouvre les yeux.

Elle avait d'autres indices aussi. Elle avait une haleine de chacal et envie de vomir.

Et la rebuffade d'Aidan passait en boucle dans son esprit.

Elle gémit et se prit la tête entre les mains.

Bon sang, elle s'était jetée sur lui, et il n'avait même pas été tenté.

Quelle humiliation.

Elle sortit du lit en titubant et se dirigea tout droit vers la salle de bains pour se laver les dents et prendre deux aspirines.

Dans le miroir, elle découvrit le maquillage qui avait coulé sur son visage, ses cheveux en bataille…

Elle avait une tête épouvantable.

Avec un grognement, elle se dirigea vers la cuisine.

Elle ouvrait le placard pour y prendre un

mug, quand elle se rendit compte que le café était déjà fait.

— Il faut que nous parlions.

Elle se retourna brusquement, une main sur le cœur.

— Bon sang, Aidan ! Tu m'as fait peur.

Son cœur tambourinait dans ses oreilles, et elle s'obligea à respirer calmement.

Elle ne savait pas d'où il était sorti, mais il portait les mêmes vêtements que la veille, y compris le blouson qu'il lui avait prêté.

Et, contrairement à elle, il était aussi époustouflant que la nuit dernière.

Elle fut d'autant plus consciente de porter une vieille tenue de sport, et regretta de ne pas avoir pris le temps de se coiffer avant de commencer sa migration vers la cuisine.

— Tu es resté ici toute la nuit ?

Elle lui tourna le dos pour se servir un café et utilisa ce moment pour essayer de maîtriser les battements désordonnés de son cœur.

Son pouls battait mécaniquement à ses tempes, mais elle ne savait pas si c'était à cause de la gueule de bois ou d'Aidan.

Que faisait-il encore là ?

Le fait de l'avoir reconduite chez elle saine et sauve aurait dû suffire à satisfaire son sens du devoir.

Que signifiait donc le fait qu'il soit resté ?

Cette question fit courir un frisson le long de sa colonne vertébrale.

Tandis qu'Aidan s'approchait, l'air devint irrespirable.

Elle prit une gorgée de café pour se donner du courage, mais sa main tremblait tellement qu'elle dut reposer sa tasse sur le plan de travail avant de se tourner vers lui.

Ses seins étaient lourds, douloureux à cause de sa proximité.

Seigneur qu'il était beau. Grand. Assurément masculin. Imposant.

Et, à en juger par la lueur aiguisée dans ses yeux, en colère.

— Tu n'aurais pas par hasard quelque chose à me dire ? demanda-t-il.

Il s'avança, réduisant sensiblement la distance entre eux.

Elle comprit que le danger était réel et, alors que la logique lui recommandait de reculer et de conserver un semblant de sécurité, quelque chose d'autre la pressa d'avancer et de tenter sa chance dans la tempête.

— Je ne sais pas de quoi tu parles.

Il plissa le front.

— Vraiment ?

Son ton accusateur l'intimida tandis qu'elle se creusait la cervelle pour essayer de deviner ce qu'il pouvait bien avoir à lui reprocher.

— Je suis désolée pour hier soir. J'ai passé l'âge de boire comme ça. La tequila était sacrément forte.

— Je me fiche de la tequila.

Ses mots avaient la froideur de l'acier.

— Ah bon ?

Son front se plissa de confusion.

— Mais alors, quoi…

— Ça.

Il l'attira contre lui en posant la main sous son sein gauche, allumant le feu qui couvait sous la cendre depuis qu'elle avait compris qu'il était toujours dans l'appartement.

La ressentait-il aussi, cette attirance ?

Le fait qu'il n'ait rien tenté quand elle était ivre mais qu'il soit resté chez elle toute la nuit faisait battre son cœur plus vite.

Elle resta immobile, attendant la suite, qu'il pose sa bouche sur la sienne, ou lui prenne le sein, ou la plaque contre le plan de travail avec ses hanches…

Mais il ne fit rien de tout cela.

Il resta là à la regarder, en augmentant la pression de ses doigts sur sa cage thoracique jusqu'à ce que cela devienne légèrement inconfortable.

Puis elle réalisa que le pouce d'Aidan s'enfonçait dans sa peau, juste en dessous de son soutien-gorge, là où se trouvait…

Oh ! non !

La prise de conscience lui fit écarquiller les yeux. Le fichu tatouage en forme de papillon palpitait sous son pouce, et elle maudit sa stupidité.

— C'était toi ! dit-il, d'un ton accusateur. C'est Max qui t'a demandé de faire ça ? Il essaie de savoir pourquoi je suis revenu ?

Les mots d'Aidan firent à Kaylee l'effet d'une gifle. Elle ne serait donc jamais libérée de son frère ?

— Pourquoi Max aurait-il quelque chose à voir avec ma vie sexuelle ?

Aidan recula et laissa retomber son bras.

— Ça n'aurait jamais dû se produire.

La négation de leur étreinte, de l'expérience la plus torride de toute sa vie, raviva la colère de Kaylee.

— Tu en avais envie autant que moi.

Il se passa la main dans les cheveux. Son air d'animal traqué était humiliant.

— Je ne savais pas qui tu étais.

— Peut-être, mais tu l'as ressenti aussi. Je sais que ça n'a jamais été comme ça pour toi avec quelqu'un d'autre. Je l'ai senti à ta façon de me toucher.

Aidan croisa les bras, marquant ainsi une distance.

— C'était du sexe anonyme. Ça ne voulait rien dire.

Kaylee savait que c'était le moment ou jamais de marquer des points.

— C'était censé ne rien vouloir dire. Mais, maintenant que tu sais que c'était moi, ça te fait peur.

— Si j'avais deviné que c'était toi dans ce club, ça ne serait jamais arrivé.

— Mais c'est arrivé. Parce que je te voulais. Je te veux toujours.

Quelque chose s'alluma dans les yeux d'Aidan, et Kaylee insista.

— Et tu me veux aussi. Tout ce que tu as à faire, c'est de lâcher prise.

— Tu te prends pour une séductrice, maintenant ? Parce qu'on a baisé dans un placard ? Mais tu n'aurais jamais dû raviver les sentiments que tu avais pour moi. Ce n'est pas réciproque. Ça ne l'a jamais été.

— À l'époque, c'était impossible parce que je n'étais qu'une gamine. Mais plus rien ne te l'interdit aujourd'hui.

— Ah non ? Dans ce cas, pourquoi ne m'as-tu pas dit que c'était toi ?

— Eh bien…

— Tu sais que je t'aurais repoussée. Alors, tu n'as rien dit. Parce que tu es une menteuse. Comme Max. Comme Charles. Tu es une Whitfield dans toute sa splendeur. Tu prends ce que tu veux quand tu le veux en te fichant du reste du monde.

Ça faisait mal.

Bien sûr que ça faisait mal.

Mais cette agressivité ressemblait peu à l'homme qui avait toujours été si gentil avec elle.

Il était en colère, mais elle soupçonnait que c'était davantage contre lui-même que contre elle. C'est pourquoi elle insista.

— Je ne suis pas la seule responsable de ce qui s'est passé. Tu le voulais aussi. Tu n'as pas oublié, j'espère, la façon dont tu m'as regardée quand tu as posé ton blouson sur mes épaules ?

Il se crispa, comme si elle l'avait accusé d'une mauvaise action.

— Tu me regardais comme si tu me voyais vraiment, comme si tu avais conscience de quelque chose de différent. Et je…

— Quoi ? Tu t'es dit que si tu me piégeais je tomberais amoureux de toi et que nous serions heureux jusqu'à la fin des temps ? Mais, la vie, ce n'est pas un conte de fées !

Et, sur ces mots, il sortit de son appartement et de son univers.

Kaylee regarda la porte claquer derrière lui, et des larmes de colère lui montèrent aux yeux.

Il pouvait nier autant qu'il le voulait, essayer de prétendre que rien de significatif ne s'était passé quand leurs corps s'étaient touchés, mais elle connaissait la vérité.

Il avait eu envie d'elle dans cette réserve.

Et il avait envie d'elle maintenant, même en sachant qui elle était.

10

C'était une menteuse.

Aidan donna une série de coups de poing dans le punching-bag qu'il avait installé dans l'ancien atelier de son père, transformé en lieu de vie.

Il ne cessait de se répéter ces mots depuis plusieurs jours.

C'était comme un bouclier, un moyen de se rappeler qu'elle était une Whitfield, qu'il devait la haïr.

Le rire de Kaylee emplit la pièce, comme pour se moquer de lui, et il tourna la tête vers son téléphone.

Il ferait mieux de l'éteindre. Il avait déjà eu accès au prototype SecurePay et l'avait envoyé à son technicien afin qu'il puisse le comparer avec Cybercore.

Mais elle avait un rire formidable. Rauque et puissant. Et, même s'il ne savait pas qui était ce Jesse, il ne pensait pas qu'il était aussi drôle qu'avait l'air de le croire Kaylee. Il l'écoutait faire le point avec Soteria Security mais, à en juger par son érection, on aurait pu croire qu'il avait appelé un numéro de téléphone rose.

Depuis trois jours, il écoutait Kaylee diriger Whitfield Industries en l'absence de son frère. Et il devait reconnaître qu'elle faisait du bon travail. Elle savait prendre des décisions tout en étant juste, soutenir mais se montrer exigeante. Elle n'avait plus rien à avoir avec la fille dont il se souvenait, qui se recroquevillait sur elle-même dès que quelqu'un la regardait.

Au travail, Kaylee était responsable. Elle avait le contrôle.

Comme sur scène.

Bon sang. Il avait encore du mal à accepter que la sirène sexy du club et la petite Kaylee Jayne Whitfield étaient une seule et même personne.

Et le fait qu'il ne s'en soit pas rendu compte tout seul lui donnait envie de taper sur quelque chose. Ou sur quelqu'un. Il n'était pas difficile.

Heureusement, il avait assez de maturité pour s'en tenir à son punching-bag.

Il essaya d'analyser le poison qui noyait sa poitrine et fut surpris de découvrir que cela ressemblait à de la trahison.

Frappant sans relâche, il savoura le bruit mat des coups sur le sac de cuir rempli de sable.

Ça n'aurait jamais dû se produire. Mais, après avoir réalisé combien il était attiré par

Kaylee au *coffee-shop*, puis au lounge, il n'était plus aussi certain qu'il l'aurait arrêtée si elle lui avait révélé son identité.

Une goutte de sueur coula sur sa tempe, et il ôta un de ses gants pour soulever le bas de son débardeur blanc et s'essuyer le visage.

Il ne s'était pas montré très classe avec Kaylee lorsqu'il avait quitté son appartement en claquant la porte. Elle ne méritait pas d'être mêlée à ses problèmes avec Max. Pourtant, il s'était servi d'elle.

Il écouta Kaylee mettre fin à la réunion mais, tandis que Jesse et Wes convenaient d'un autre rendez-vous, il perdit le signal, et de l'électricité statique grésilla dans le micro.

Cela s'était déjà produit auparavant. Parfois, le son était si pur qu'il pouvait percevoir le souffle de Kaylee et, la seconde d'après, la conversation était hachurée ou inaudible.

À l'évidence, le dieu autoproclamé de la technologie avait encore quelques progrès à faire.

Et il allait se faire un malin plaisir de dire à Kearney que son logiciel espion n'était pas tout à fait au point.

Il ôta son deuxième gant et se dirigea vers le téléphone pour arrêter l'application.

Il déposa ses gants sur la table basse et commença à dérouler ses bandes de protection.

D'habitude, sa séance de boxe lui vidait la tête.

Mais, s'agissant de Kaylee, ça ne fonctionnait pas du tout.

Il passa la main dans ses cheveux humides.

Et les douches froides non plus, songea-t-il amèrement en baissant la main pour se rajuster.

Il n'arrêtait pas de bander depuis quatre jours, même s'il se masturbait aussi frénétiquement qu'au temps de sa puberté.

Il ôta son débardeur et se dirigea vers la douche.

Son sexe frappa son estomac quand il ôta son pantalon de survêtement et son boxer.

Avec un soupir dégoûté, il se glissa sous le jet tiède de la douche et essaya de se rappeler la dernière fois qu'une femme l'avait affecté de cette façon.

Il n'avait toujours pas trouvé de réponse lorsqu'il eut terminé de se laver les cheveux.

Il déposa un peu de gel douche au creux de sa paume et passa ses mains sur son torse, en s'efforçant de ne pas descendre plus bas à l'évocation de Kaylee.

Mais, tandis qu'il regardait l'eau savonneuse couler sur ses abdominaux en se souvenant de la morsure des ongles de Kaylee dans son dos, de son souffle dans son cou, de sa chaude moiteur intime, il comprit qu'il était en train de perdre cette bataille.

Elle était impossible à oublier.

En tout cas, ce fut son excuse quand il céda et enroula sa main autour de son sexe douloureux.

Ses genoux faiblirent, et il posa sa main libre sur la paroi carrelée de la douche, en rejetant la tête en arrière et en fermant les yeux.

Ruisselant de l'eau qui tombait du pommeau de la douche, il se caressa vigoureusement.

Et c'était bon. Oh oui, c'était bon.

Mais il comprit bientôt que sa main ne lui donnerait pas ce qu'il voulait, ce dont il avait besoin.

Il n'y avait qu'une façon pour lui de se libérer de son purgatoire sexuel.

Il coupa la douche et se sécha avec une serviette. Puis il se dirigea nu vers sa chambre, en prenant son téléphone au passage.

Il ouvrit le logiciel espion de Kearney et jeta l'appareil sur le lit afin de pouvoir enfiler un jean.

L'application bipa tandis que le traceur s'activait, et il jeta un coup d'œil à l'écran. Kaylee se déplaçait.

Enfilant un T-shirt, il prit la clé de sa moto et son blouson de cuir, et prit la direction du club.

11

Kaylee perçut sa présence.

Même s'il y avait un monde fou ce soir.

Même si Aidan faisait de son mieux pour se fondre dans le décor, malgré son imposante silhouette.

Le courant électrique provoqué par l'attention qu'il lui portait était indéniable, exactement comme la semaine précédente.

Elle répliqua en cambrant davantage la taille, en accentuant la malice de ses mimiques.

Cette fois, il n'y avait pas de secrets entre eux.

Cette fois, il savait que c'était elle.

Il n'y avait qu'une raison à sa présence ici ce soir, et elle n'allait pas la gâcher.

Après sa performance, Kaylee ne prit pas la peine de se changer. Au lieu de rendre la jupe en élasthanne noir qu'elle avait empruntée vendredi dernier, comme c'était son intention, elle l'enfila rapidement et garda son corset.

Comme elle s'y attendait, Aidan l'attendait près de la sortie de secours.

Ils se dévisagèrent un instant.

Les pupilles d'Aidan étaient dilatées, cerclées de jade, et l'intensité de son regard la fit frissonner.

Un léger froncement de sourcils accompagnait son expression tandis qu'il la dévisageait. Comme s'il cherchait à voir plus loin que la perruque blonde, plus loin que les lentilles bleues et le rouge à lèvres rouge vif.

Comme s'il cherchait Kaylee.

Elle lui laissa le temps de reconnaître ses traits sous ceux de Lola. De comprendre comment il s'était laissé berner la fois d'avant. Comme les années passées, le maquillage et des souvenirs altérés avaient contribué à l'empêcher de voir la vérité.

Lorsqu'il eut manifestement assemblé toutes les pièces, une flamme s'alluma dans ses yeux inoubliables, et la réminiscence de cette nuit qui avait tout changé pour elle se poursuivit tandis qu'il lui prenait la main.

Sa paume était chaude, large et calleuse, comme avant. Mais la sensation était différente, cette fois. Parce qu'il tenait sa main, et non celle d'une danseuse anonyme qu'il avait ramassée dans un club.

Cette fois, au lieu de l'entraîner dans la

réserve pour un rapide intermède purement sexuel, il la poussa vers la sortie de secours et le parking.

Sa moto étincelait sous la lumière des réverbères, et deux casques les attendaient sur la selle de cuir.

Sans un mot, il lui en tendit un.

Elle le mit sur sa tête et se rendit compte que, même avec la perruque, il était trop large. Puis, comme il en était désormais coutumier, Aidan ôta son blouson et le posa sur ses épaules.

Elle glissa les bras dans les manches trop longues, tout en regardant le T-shirt blanc d'Aidan se tendre sur son torse tandis qu'il enfilait l'autre casque.

C'était un plaisir sans cesse renouvelé de regarder Aidan. Sa façon de bouger.

Autrefois, elle avait passé beaucoup de temps à faire semblant de lire sur une chaise longue, pour mieux l'observer en douce. Mais c'était tellement plus agréable de pouvoir le regarder directement, sans craindre de se faire prendre.

Il enfourcha sa moto avec une indéniable élégance, et tourna la tête vers elle en signe d'invite.

Avec nettement moins de grâce, elle prit place derrière lui, et il démarra. Le corps traversé par les puissantes vibrations du moteur, elle serra les bras autour de son torse, et fixa ce moment dans son esprit.

Son rêve le plus audacieux devenait réalité. Aidan était entre ses jambes. Son jean irritait ses cuisses nues d'une façon qui la rendait folle.

Elle pressa un peu plus ses seins contre son dos, savourant la caresse du vent sur sa peau. Les contours de ses abdominaux se dessinaient nettement sous le coton de son T-shirt, et elle passa ses ongles dessus, adorant la façon dont ils se crispaient sous ses doigts, et le coup d'accélérateur qu'il donna à sa moto en réponse.

Elle avait attendu ça toute sa vie.

Qu'Aidan ait envie d'elle.

Et, contrairement à ce qu'il pensait, ce n'était pas l'influence des contes de fées ou un caprice de gamine.

Avec Aidan, elle se sentait vivante.

Elle ne voulait pas l'éternité. Elle voulait l'instant présent.

Aidan prit un virage à droite, et Kaylee observa les alentours, curieuse de ce quartier inconnu qui mélangeait des bâtiments commerciaux et résidentiels.

D'anciens entrepôts côtoyaient des garages automobiles, un fabricant de vérandas, une boulangerie industrielle… Entre eux s'égrenaient des groupes de bungalows à toit plat, typiques des années soixante-dix.

Après quelques bifurcations supplémentaires, Aidan ralentit et approcha un bâtiment en brique de deux étages qui, à en juger par les deux grandes portes de garage en façade, avait dû servir d'atelier de réparation.

La porte de gauche commença à remonter. Aidan entra et coupa le moteur.

Kaylee descendit de moto, le corps vibrant encore de la chevauchée, ôta son casque et regarda autour d'elle.

Ce côté-ci était un garage, avec un établi et des alignements d'outils rigoureusement fixés sur des panneaux au mur, et une autre moto datant des années cinquante ou soixante. Mais à droite se trouvait une pièce à vivre, avec des tapis en lirette aux couleurs fanées sur le sol en ciment.

Un punching-bag pendait du plafond, ponctué de poutrelles métalliques. Un banc de musculation disposé devant un mur en brique apparente et d'autres accessoires de sport composaient un coin gym.

Au fond, l'espace se partageait entre une cuisine remplie d'inox, et une pièce cloisonnée par une verrière, qui avait dû être un bureau quand ce bâtiment était encore un garage automobile. Sur le côté, un escalier métallique menait à une coursive desservant l'étage.

Elle tendit son casque à Aidan, et s'aventura vers le salon. Déposant son sac sur le canapé, elle tomba en arrêt devant la sculpture en acier posée sur la table basse. Elle représentait un feu se transformant en une horde de chevaux au galop. Le souci du détail était incroyable, les flammes se mêlant à la crinière des animaux qui semblaient voler.

Elle tendit la main, s'attendant presque à se brûler tant c'était réaliste, mais ne rencontra qu'une surface douce et froide.

Max avait quelque chose dans ce genre-là sur son bureau. Beaucoup moins travaillé mais similaire. Un cheval avec une crinière de flammes.

Elle regarda par-dessus son épaule, avec l'intention d'interroger Aidan mais, au lieu de se trouver derrière elle, comme elle s'y attendait, il avait pris place dans un fauteuil, les jambes largement écartées.

Sa main gauche était posée sur sa cuisse, son coude droit sur l'accoudoir, et il caressait machinalement sa barbe, tout en l'observant.

Elle se tourna complètement vers lui.

D'un geste malhabile, elle ouvrit le zip du blouson, le fit glisser sur ses épaules et l'abandonna sur le canapé.

Sa respiration s'accéléra sous l'insistance du regard d'Aidan.

— Enlève ça, dit-il d'une voix basse et enrouée.

Elle s'attaqua au premier crochet de son corset.

— Non. La perruque.

Ces mots lui firent l'effet d'un coup au cœur.

Une chaleur intense se propagea dans tout son corps.

Les mains tremblantes, elle ôta d'un même geste la perruque blonde et le filet qui maintenait ses cheveux.

Elle jeta le tout sur le canapé et passa plusieurs fois les doigts dans sa chevelure en secouant la tête.

Un muscle joua dans la mâchoire d'Aidan, et il changea de position dans son fauteuil.

Une sensation de pouvoir fit courir un frisson sous la peau de Kaylee.

C'était peut-être lui qui donnait les ordres, mais il était totalement à sa merci.

Elle posa les doigts sur le premier crochet et attendit, un sourcil levé en guise d'interrogation.

Aidan déglutit et se passa la langue sur les lèvres.

Il lui fit un petit signe de tête pour accorder sa permission, et elle commença à se dévêtir.

Mais, si l'acte était familier, le désir ne l'était pas.

Au club, pendant ses shows, l'anonymat

donnait à sa nudité un côté amusant et irrévérencieux où la timidité n'avait pas sa place.

À présent, chaque geste était calculé, sérieux, et enivrant de sensualité.

Lorsqu'elle libéra le dernier crochet, son excitation était à son comble.

Il y avait quelque chose d'intensément bouleversant dans le fait de se déshabiller pour cet homme et de savoir qu'ils allaient faire l'amour ensemble.

Une timidité dont elle n'était pas coutumière la saisit au moment d'écarter les pans de son corset.

C'était lui.

C'était elle.

Sans son personnage de Lola, elle avait soudain une conscience aiguë de son corps.

— Kaylee.

La voix d'Aidan était une supplique rauque qui lui insuffla du courage.

Cette nuit-là, au club, elle s'était dit qu'elle aimerait danser pour lui, lui offrir un strip-tease privé pour le séduire, pour lui montrer combien elle était différente de celle dont il se souvenait.

Mais, maintenant que le moment était arrivé, elle découvrait que ce n'était pas du tout ce qu'elle voulait.

Elle voulait qu'Aidan ait envie d'elle. Juste elle. Pas la danseuse sur scène.

Or, il l'avait emmenée loin du club.

Il lui avait demandé de retirer sa perruque…

Cela lui donna du courage. Et elle jeta son corset. Sans détours. Sans s'encombrer de gestes mutins pour faire monter un peu plus la tension.

Il relâcha son souffle et se pencha.

— Viens ici.

Elle avança sur lui, sur ses hauts talons, sa jupe remontant sur ses cuisses à chaque pas, et s'arrêta devant lui, attendant que leurs regards se croisent.

— Je suis là. Que veux-tu que je fasse, maintenant ?

Le visage d'Aidan s'assombrit de passion contenue.

Il posa ses doigts rugueux sur son ventre avec une telle douceur que son cœur se serra.

Puis il saisit à deux mains la ceinture élastique de sa jupe et la fit glisser sur ses hanches, griffant doucement la peau de ses cuisses, jusqu'à ce que le vêtement tombe au sol.

Il caressa alors ses jambes, en remontant vers ses fesses et le creux de son dos…

C'était parfait, doux, comme dans un rêve. Un tendre moment de retenue avant que l'ouragan de la passion les submerge et les emporte.

Il l'attira un peu plus près, entre ses jambes ouvertes, et posa le front contre son ventre.

Elle glissa les doigts dans ses cheveux, maintenant sa tête en un geste câlin.

Le souffle d'Aidan fit naître un frisson sur sa peau, qui disparut sous la chaleur de sa langue tandis qu'il dessinait un chemin de baisers jusqu'à ses seins.

Posant les mains sur ses épaules, elle s'installa à califourchon sur ses cuisses, et se pencha pour capturer sa bouche.

Elle lui avait dit qu'il baisait comme un dieu, mais il embrassait comme un poète, faisant naître en elle des sensations si enivrantes que cela aurait peut-être suffi à lui donner un orgasme.

Ce soir, toutefois, elle n'avait pas la patience de tester cette hypothèse.

Elle abaissa les hanches, pressant plus fort contre son érection.

Il interrompit leur baiser avec un juron et fit passer son T-shirt au-dessus de sa tête, révélant un paysage vallonné de peau dorée.

— Aidan.

Elle avait besoin de prononcer son prénom, juste pour se prouver que c'était bien en train de se passer, que ce n'était pas un rêve.

Et elle ressentait aussi le besoin d'être entièrement nue pour mieux le sentir partout.

Soulevant d'une main son sein gauche, ce qui eut pour effet immédiat de capturer l'attention d'Aidan, elle glissa un ongle sous le cache-téton adhésif et le retira.

Elle l'entendit respirer plus fort, tandis qu'elle répétait l'opération de l'autre côté.

Il posa ses paumes rugueuses dans son dos, l'attirant à lui, et elle se retint aux accoudoirs tandis qu'il saisissait la pointe d'un sein dans sa bouche, la suçait et la mordillait jusqu'à ce qu'elle commence à gémir.

— Tu as besoin de ça ?

Il avait passé le pouce entre sa hanche et sa culotte, écartant l'étoffe de sa peau.

— Quoi ?

— C'est important pour ton numéro sur scène ?

— Pas vraiment. Je…

Il déchira chaque côté du sous-vêtement avec une étonnante adresse.

— Je t'en achèterai d'autres, promit-il.

Tirant sur la culotte coincée entre eux, il la jeta au sol.

Puis, il commença à bouger les hanches, faisant subir à son clitoris le frottement délicieusement irritant de son jean.

Oh ! bon sang. Elle croyait avoir vécu un

moment exceptionnel cette nuit-là au club, mais c'était encore plus fort.

Parce que cette fois-là, lorsqu'il la regardait, il ne voyait que Lola.

12

Elle le rendait dingue.

Il voulait l'emmener dans sa chambre, pour pouvoir la prendre comme il l'entendait, étendue sur son lit, offerte comme un festin à dévorer.

Mais elle ne cessait de le distraire, ralentissant sa progression dans l'escalier.

Ses mains s'activaient sans relâche, se glissant entre eux, desserrant sa ceinture, ouvrant son jean…

Puis ses doigts impatients se glissèrent sous l'élastique de son boxer et entrèrent en contact avec son sexe frémissant.

Il manqua de trébucher sur la coursive et la plaqua contre un pilier métallique, le temps de recouvrer ses esprits.

— Ici, c'est bien, dit-elle. J'ai besoin de te sentir en moi.

Il avait envie de céder, de se perdre en elle, jusqu'à la satisfaction de son désir.

Il lui fallut toute sa volonté pour secouer la

tête, pour figer le mouvement instinctif de ses hanches.

— Non, grommela-t-il.

Il prit une profonde inspiration et la reposa sur ses pieds. Puis il posa une main à côté de sa tête sur le pilier, essayant de faire fonctionner son cerveau, essayant de lui faire comprendre avant de tout gâcher.

— C'est allé trop vite la dernière fois, Kaylee. Cette fois, je veux prendre mon temps.

Il lui prit la main et l'entraîna à sa suite dans la chambre.

Là, il ôta ses bottes et ses chaussettes, et se débarrassa d'un même geste de son jean et de son caleçon.

Puis il hésita, torturé entre l'envie de la regarder tandis qu'elle prenait place sur le lit et celle de prendre un préservatif dans le tiroir de la table de chevet.

Le préservatif d'abord.

Il déchira l'emballage, et grogna sous la pression tandis qu'il le déroulait. Il bandait tellement pour elle, si désespérément, qu'il en avait mal.

— Aidan ?

— Oui ?

— On a toute la nuit pour faire ça de toutes les façons que tu veux. Alors, s'il te plaît, arrête cette torture et baise-moi. On prendra notre temps une prochaine fois.

Elle avait à peine fini sa phrase qu'il refermait les bras autour de sa taille et la soulevait contre son corps, alignant la chaleur humide de son entrejambe sur son sexe palpitant.

Elle se mit à onduler des hanches en gémissant, frottant son clitoris le long de son érection, prenant son plaisir tandis qu'elle enroulait les bras autour de lui et plantait ses ongles dans son dos.

Il regretta d'avoir mis le préservatif aussi vite parce que le doux coulissement de son intimité sur son sexe durci était si diablement bon qu'il détestait l'idée d'en perdre la moindre miette.

Il enfouit une main dans ses cheveux et inclina sa tête afin de pouvoir lui lécher le cou et de la marquer avec ses dents.

— Jouis pour moi de cette façon. En te frottant sur ma queue.

Elle secoua la tête, tout en continuant à onduler contre lui.

— Je veux te sentir en moi.

— Après, dit-il. Je veux d'abord te regarder.

Kaylee accéda à sa demande, avec un gémissement qu'il ressentit jusqu'au plus profond de lui.

S'agrippant à ses épaules, elle accéléra le rythme.

Puis elle cria, submergée par le plaisir.

— Bon sang, KJ, j'ai tellement envie de te baiser, grommela-t-il.

Se mordillant la lèvre, elle glissa la main entre eux, empoigna son sexe, et le positionna entre ses jambes.

— Alors, fais-le, murmura-t-elle.

Et il glissa en elle. Et ce fut beaucoup mieux que la première fois dans la réserve du club. Plus chaud. Plus doux.

Le temps se ralentit, et ce qu'Aidan imaginait être un assemblage frénétique de bouches, de langues et de corps se transforma en quelque chose de plus profond, comme une communion des âmes.

Le visage de Kaylee était si expressif, son désir si brut, qu'il se sentait au bord de l'orgasme rien qu'en étant témoin de sa passion.

Il la renversa sur le lit tandis qu'elle reposait les chevilles sur ses épaules, et ses halètements lui firent augmenter la cadence.

Il aurait dû ressentir de la honte, de la gêne, en ayant ce genre de relation avec la petite sœur de Max.

Mais non, cela lui semblait absolument juste. Si parfait qu'il avait l'impression que son cœur allait exploser.

Elle était magnifique, avec ses lèvres entrouvertes et son visage rosi de plaisir, et il regretta qu'elle porte ses lentilles, car il aurait voulu voir la passion dans ses yeux.

Le plaisir se diffusait sous sa peau comme un courant électrique, et il serra la mâchoire pour ne pas se laisser submerger.

Il n'était pas question qu'il s'abandonne sans elle.

Se fiant à ses soupirs, à la façon dont elle se mordait la lèvre, à son corps qui se contractait sous lui, il adapta son rythme pour la conduire jusqu'à l'extase.

Et, alors qu'elle criait son prénom, il céda enfin à l'urgence d'un plaisir trop longtemps retenu.

13

Il n'y avait pas grand-chose de mieux que d'être couché dans un lit à côté d'une femme nue et somnolente.

— Je ne sais même pas ce que tu fais dans la vie, dit-elle. C'est curieux, non ?

Correction : une femme nue et curieuse.

Mais sa question le fit hésiter.

Elle lui rappelait que, même s'ils se connaissaient depuis longtemps, ils restaient quand même des étrangers l'un pour l'autre. Dans beaucoup de domaines, il ne savait rien d'elle, et c'était un peu déconcertant.

— J'investis dans les bonnes idées.

— Pardon ?

— Les gens viennent me voir quand ils ont des idées et pas d'argent. Je les aide à développer leurs projets.

Elle se redressa sur un coude pour le regarder.

— Oh ! tu es ce qu'on appelle un *business angel* ?

— C'est si difficile à croire ?

Elle le fixa, et il observa ses yeux inexpressifs. Seigneur, il détestait ces lentilles de contact qui lui faisait un regard de poupée de cire.

— Eh bien… Des cheveux de jeune premier, un corps d'athlète, un sourire de *bad boy*… Tu ne ressembles à aucun des investisseurs que j'ai rencontrés jusqu'à présent.

— Je prends ça comme un compliment.

Les lèvres de Kaylee s'incurvèrent en un sourire qui lui donna envie de l'embrasser à nouveau.

— C'est bien ainsi que je l'entendais.

Elle fit courir un doigt sur son torse.

— Comment t'es-tu dirigé vers ça ?

— J'aime regarder les gens innover.

Elle hocha la tête.

— À cause de ton père ?

— Oui, je suppose. Il n'était jamais aussi heureux que lorsqu'il créait quelque chose, que ce soit un ordinateur ou un code. Tu sais, la statue en bas ?

— Avec les chevaux qui sortent des flammes ?

— Oui. Eh bien, il a construit sa propre imprimante 3-D, et il a créé la statue à partir d'un dessin que j'avais fait au lycée.

— C'est incroyable. Max était très admiratif de ton père.

Aidan hocha la tête.

Max et John Beckett avaient toujours eu

beaucoup de points communs. Ils aimaient démonter les choses, comprendre comment elles fonctionnaient.

Aidan avait quant à lui appris depuis bien longtemps que le plus important n'était pas de savoir comment fonctionnaient les choses mais tout simplement de savoir qu'elles fonctionnaient. Après le diagnostic de sa mère, il avait compris que les détails ne changeaient pas l'issue.

— Mouais… C'était un type bien, mon père.

Aidan s'efforça d'ignorer la culpabilité qui se réveillait à chaque fois qu'il pensait à son père. C'était pire ici, où son souvenir était partout.

— Hé, ça va ? demanda-t-elle.

L'inquiétude qui se lisait sur le visage de Kaylee le surprit.

Apparemment, il n'était pas aussi doué qu'il le croyait pour dissimuler ses sentiments.

— C'est la première fois que je reviens ici depuis sa mort. Je pensais que ce serait différent avec la rénovation. Mais l'esprit de mon père est toujours là.

Kaylee regarda autour d'elle.

— C'est quoi, cet endroit ?

— Le premier atelier de mon père. Autrefois, c'était juste un garage, plein d'ordinateurs démontés. Il me laissait traîner ici quand j'étais petit. Avant que ma mère ne tombe malade.

La tête posée au creux de son épaule, elle leva les yeux vers lui, tout en caressant doucement son torse.

— Comment était-elle ?

Il noua ses doigts aux siens, immobilisant son bras.

— Elle était chirurgien en cardiologie.

— Eh bien…

— Oui, ça impressionne toujours. Mais, pour moi, ça signifiait surtout qu'elle n'était pas souvent à la maison. Je passais beaucoup de temps avec mon père.

Il soupira.

— Malgré tout, je crois qu'on avait une vie plutôt normale et heureuse. Jusqu'à ce qu'on lui diagnostique un cancer. J'avais douze ans. Elle est morte avant mon treizième anniversaire. Et mon père a sombré dans l'alcool.

Aidan s'efforça de ravaler l'amertume qui refaisait toujours surface quand il se rappelait avoir pris soin de son père, comme si les rôles s'étaient renversés pendant leur deuil.

— Je n'amenais personne ici parce que mon père était souvent ivre, mais Max, en bon geek qu'il était déjà, voulait voir l'atelier. Finalement, ils se sont bien entendus et, après ça, ton frère est souvent venu traîner ici.

— Tu ne te sentais pas un peu mis à l'écart ?

— Pas trop. Mais c'est vrai que j'aimais mieux

passer du temps chez tes parents. Je pensais que Max avait tout. Une belle maison, un père et une mère…

Il ajouta, avec un clin d'œil :

— Une petite sœur agaçante.

Elle lui donna une petite tape.

— Il avait assez d'argent pour ne se préoccuper de rien. J'aurais voulu être à sa place. Et ton père était un type extraordinaire, qui contrôlait tout. Je l'admirais beaucoup.

— Oui, eh bien, tu sais, les apparences peuvent être trompeuses.

Il lui caressa le dos de la main, qu'elle avait posée à plat sur son torse, s'attardant sur ses délicates articulations.

— C'est vrai. Et j'ai durement appris cette leçon. Mais, à l'époque, mon père était dans une spirale descendante. Il a perdu son travail parce qu'il buvait et jouait aux courses et à d'autres jeux d'argent. J'ai fait ce que j'ai pu pour l'aider…

Il s'interrompit, plongé dans ses souvenirs, puis il haussa les épaules.

— Et puis, ton père lui a donné un emploi. Nous avons utilisé ce qui restait de l'argent de maman pour l'envoyer en cure de désintoxication, et il a réussi à m'aider à payer mes études universitaires.

Aidan reprit son souffle.

— Il est vraiment reparti du bon pied et, pendant un moment, les choses allaient mieux.

— Et puis, il y a eu l'accident…

Elle était encore à l'université, à l'époque, mais elle était bien sûr au courant de l'accident qui avait mis fin à la vie de son père.

Il hocha la tête.

— J'aurais aimé être là. Il y a beaucoup de choses que j'aurais voulu lui dire.

— Je suis sûre qu'il le savait.

Elle devait penser qu'il faisait allusion à des choses venant du cœur, comme l'amour et le respect qu'Aidan avait pour son père.

Il ne la détrompa pas.

Il préférait garder pour lui sa colère et son ressentiment face aux choix que son père avait faits.

— J'aurais aimé le rencontrer, ajouta-t-elle.

Seigneur, elle était adorable.

— Il t'aurait appréciée.

— Comment le sais-tu ?

— Parce que je t'apprécie.

Le compliment lui valut un baiser paresseux qui ne dura pas assez longtemps.

— Bref, conclut-il, j'ai rénové cet endroit après sa mort, pour en faire un pied-à-terre quand je suis en ville.

— Mais tu n'es plus beaucoup en ville, n'est-ce pas ?

Cette question l'ennuyait, car elle ouvrait la voie à d'autres questions à propos de Max et de lui, et il ne voulait pas gâcher sa relation avec Kaylee en évoquant des sujets fâcheux. Il était temps de changer de sujet.

Il souleva sa main et lui embrassa les doigts.

— À toi de te confesser. La dernière fois que je t'ai vue, tu étais ballerine. Que s'est-il passé ?

Kaylee secoua la tête.

— Je n'ai jamais été ballerine, au grand dam de Sylvia. Mais, quand j'étais à l'université, des amies m'ont traînée à un spectacle de cabaret, et j'ai adoré.

Aidan remarqua qu'elle s'enflammait en évoquant son hobby.

— Quand je danse, j'ai l'impression de tout contrôler. Je choisis la musique, le costume. C'est une façon d'être créative et d'attirer l'attention des gens.

— Un peu comme la communication.

Cette remarque la fit rire.

— Je n'y avais jamais pensé, mais c'est assez vrai. En tout cas, ça me donne l'impression d'être sexy, d'avoir des secrets… En plus, c'est très excitant de faire quelque chose que ma mère désapprouverait.

— Ah oui ?

Elle hocha la tête.

— Eh bien, par exemple, je sais que ta mère détesterait que tu m'embrasses.

Relevant le défi, elle se pencha et posa sa bouche sur la sienne. Le bout de ses seins était dur quand elle les pressa sur son torse, et il sentit son corps réagir immédiatement.

— Et elle détesterait encore plus que tu poses la main sur moi.

Elle eut un sourire railleur.

— Tu crois ?

Elle glissa la main sous le drap, et referma les doigts autour de son sexe.

— Que penserait-elle si je faisais ça ?

Ses doigts le rendaient fou, et il ferma les paupières de plaisir.

— Désapprobation absolue, dit-il, tandis que, du bout du pouce, elle dessinait un cercle autour de son gland. Aucun doute là-dessus.

Bon sang, il avait à nouveau désespérément envie d'elle.

— Eh bien, puisqu'elle désapprouvera de toute façon, nous devrions lui donner matière à désapprouver.

Elle se laissa glisser le long de son corps, et le prit dans sa bouche.

Le plaisir monta vite et fort, tandis qu'elle alternait coups de langue et succions.

— Bon sang, Kaylee…

Il tâtonna, crispa les doigts dans ses cheveux… Dans quel but ? Il n'en savait rien.

— Tu vas me faire jouir.

Elle prit visiblement cela comme un défi, et il gémit tandis qu'elle lui caressait les testicules, en accélérant le va-et-vient de sa tête.

— Je ne peux pas… Tu dois arrêter, ou je…

Il perdit toute retenue et céda à la déferlante du plaisir.

14

Kaylee s'étira langoureusement, un léger sourire incurvant ses lèvres, tandis que l'odeur du café et des bruits de pas dans la cuisine la tiraient du sommeil.

Elle avait passé la nuit la plus torride de sa vie, et elle s'accorda un moment pour savourer ses courbatures et le souvenir des positions érotiques qui les avaient provoquées.

Puis elle repoussa le drap et bascula les jambes par-dessus le rebord du matelas.

L'air frais caressa sa peau nue.

Le sac contenant les vêtements de rechange qu'elle emportait toujours avec elle au club se trouvait au rez-de-chaussée, en compagnie de son corset et de la culotte qu'Aidan avait déchirée – son estomac se crispa délicieusement à cette pensée.

N'ayant pas d'autre choix, elle prit le T-shirt gris posé sur l'accoudoir du fauteuil dans le coin de la pièce et l'enfila.

Il sentait Aidan, et elle inspira profondément tandis qu'elle se dirigeait vers la salle de bains.

Ôtant ses lentilles, elle contempla son reflet dans le miroir.

Une part d'elle – celle qui avait écrit « Kaylee Beckett » dans différents cahiers – s'attendait à voir quelqu'un de différent.

Mais c'était toujours elle, Kaylee Jayne Whitfield.

Peut-être son sourire se teintait-il d'une arrogance sensuelle mais, dans l'ensemble, rien n'avait changé.

Et elle en était soulagée.

Parce que cela signifiait qu'il n'y avait rien de magique dans ce qui s'était passé la nuit dernière. Les rêves de gamines et les désirs de femme pouvaient fusionner en orgasmes semblables à des tremblements de terre sans que cela ne donne lieu à un excès d'analyse ou à des regrets.

Elle avait eu une brève aventure secrète avec un homme sauvagement beau, et maintenant la vie pouvait reprendre son cours normal.

Elle retourna dans la chambre et vit l'heure sur la pendulette posée sur la table de chevet.

Soudain, ce fut l'affolement.

Elle était attendue dans une heure et demie au country club, pour son brunch hebdomadaire avec sa mère, et elle devait encore récupérer sa voiture et rentrer chez elle pour se changer.

Apparemment, sa vie allait revenir à la normale plus vite que prévu.

Elle descendit rapidement l'escalier métallique.

Vêtu seulement d'un jean, Aidan était un cadeau pour les yeux. Si on ajoutait à cela qu'il tendait un mug dans sa direction, c'était la vision idéale.

Elle accepta le café avec gratitude et s'offrit une gorgée de caféine.

— Ce café est extraordinaire, dit-elle en soupirant.

— Si tu le trouves bon, attends de goûter mon omelette mondialement connue.

Elle secoua la tête, but une dernière gorgée de café et posa le mug sur le plan de travail.

— Non. Je ne peux pas rester.

Il se rembrunit.

— Pourquoi ? Qu'as-tu de si urgent à faire ?

— Il faut que je me change avant d'aller retrouver ma mère pour le brunch.

— Pourquoi ? Tu es très bien comme ça.

Elle baissa les yeux vers sa tenue et rit.

Sa mère aurait une crise d'apoplexie si elle se présentait au country club avec quelque chose d'aussi vulgaire qu'un T-shirt.

Alors, avec juste avec un T-shirt et rien d'autre…

— Sylvia Whitfield ne serait pas de cet avis. Je peux même te dire qu'elle serait outrée.

Aidan lui prit la main et l'attira à lui pour

un baiser enivrant, à la fois doux et légèrement désespéré, qui lui demandait de rester et de voir ce qui se passerait ensuite.

Elle dut faire appel à tout son courage pour le repousser.

— Désolée, mais je dois y aller.

— Méchante ! protesta-t-il.

Elle gloussa lorsque la large paume d'Aidan claqua sur sa fesse.

Comment pouvait-il être aussi sexy et drôle à la fois ?

Elle comprit soudain qu'il avait toujours éclairé sa vie. Max ne plaisantait jamais avec elle. Et il ne compatissait pas non plus. Sa mère passait sa vie à la réprimander. Son père lui accordait des miettes d'attention entre deux périodes où il l'ignorait complètement.

Mais Aidan avait toujours pris le temps de la saluer rapidement pour lui faire comprendre qu'elle n'était pas invisible. Qu'il s'agisse d'un clin d'œil moqueur, d'un haussement de sourcils de sympathie ou d'une histoire pour la distraire, il savait toujours comment faire naître un sourire sur son visage.

C'était aussi pour ça qu'elle attendait ses visites avec impatience.

— Hé, tu veux du renfort ?

Surprise, elle se retourna et le découvrit, appuyé sur le plan de travail, les bras croisés sur son magnifique torse évoquant une statue de bronze.

Elle scruta son visage, cherchant à voir s'il plaisantait.

Son regard était franc, sérieux.

Elle prit peur soudain en imaginant leur arrivée sur la moto d'Aidan. Lui, assis en face de sa mère, en jean et T-shirt, avec un air de défi et d'ennui, et sexy à en couper le souffle.

Le dragon ne se soucierait pas de savoir si son compte en banque était suffisant pour payer la cotisation annuelle. Elle ne s'inquiéterait que du qu'en-dira-t-on. Elle ne pouvait tout simplement pas déjeuner avec le fils d'un ancien employé.

À l'époque, elle tolérait à peine l'amitié entre Max et Aidan. Aujourd'hui, elle détruirait la relation de sa fille avec lui.

Non. Ce n'était pas une relation. Du sexe. Un coup d'un soir. Il n'était pas son petit ami.

— Quoi ? Ce n'est pas… Tu n'as pas à faire ça.

Son intonation était crispée. Tout en elle se rebellait contre cette idée.

— Tu n'as pas envie de bruncher avec ma mère.

— C'est…

Pendant une seconde, Aidan donna l'impression qu'il allait nier. Puis il retrouva son bon sens.

— On ne peut plus vrai.

Le rire de Kaylee resta coincé dans sa gorge quand il ajouta :

— Mais j'ai envie de bruncher avec toi.

En entendant ces mots, elle eut l'impression que sa cage thoracique était trop étroite pour ses poumons, pour les battements violents de son cœur – les barreaux d'une prison pour l'émotion qui essayait de sortir de sa poitrine.

À quoi jouait-il ?

Ils venaient de partager une nuit parfaite, rendue plus incroyable encore par le fait qu'elle n'avait pas dû prétendre être Lola.

Pourquoi voulait-il gâcher leur aventure clandestine en la rendant publique ?

Elle sourit, espérant avoir l'air naturel.

— Faisons ça une autre fois. Sans chaperon.

— Oui. D'accord.

Il hocha la tête, mais l'air semblait s'être refroidi.

— Une autre fois.

Malgré l'approbation d'Aidan, il y avait une crispation dans sa mâchoire, une raideur dans ses épaules lorsqu'il se retourna, qui la fit douter de sa sincérité.

Le fait qu'il veuille l'accompagner l'angoissait. Mais sa colère face au refus qu'elle lui opposait la mettait mal à l'aise.

— Aidan…

— J'ai compris. Tu ne veux pas qu'elle sache.

— Ce n'est pas ça.

— Alors, où est le problème ? demanda-t-il, en se retournant.

Kaylee soupira, cherchant les mots pour expliquer ce qui avait gâché son enfance et qui faisait qu'elle ne voulait pas partager Aidan.

— Ma famille gâche tout ce qui compte pour moi. Ils jugent, ils décortiquent, et ils m'expliquent que ce que je veux est ridicule, stupide, ou impossible. Je ne veux pas…

Elle soupira.

— Je ne suis pas prête à ce qu'ils dissèquent notre histoire. Je ne veux pas connaître leur opinion sur nous.

— Eh bien, dans ce cas, n'y va pas.

Elle secoua la tête, l'air désespéré.

— Je dois y aller.

— Pourquoi ?

Kaylee parut sincèrement ébahie, comme si elle ne s'était jamais posé cette question, et Aidan put voir qu'elle hésitait, s'autorisant pour la première fois à envisager d'autres possibilités, avant de les refouler.

— Parce que ma mère et moi avons l'habitude de nous retrouver tous les samedis pour un brunch. Et, aujourd'hui, c'est la première fois qu'elle revient au country club depuis que mon père… Depuis ce qui s'est passé.

Aidan garda une expression neutre, s'interdisant la satisfaction d'imaginer Charles Whitfield avec un bracelet électronique à la cheville.

— Rebelle-toi un peu.

Il s'avança jusqu'à ce que leurs corps se touchent.

Jusqu'à ce qu'elle lève les yeux au ciel avec un petit sourire, tandis qu'il la plaquait contre le rebord de la table – un ancien établi en inox de son père qu'il avait modifié.

— Ça te fera du bien.

Avant qu'elle ait eu le temps de protester, il la souleva et la déposa sur le métal froid.

Elle afficha une moue boudeuse.

— Sache que je suis tout à fait capable de me rebeller.

Il glissa les mains sous son T-shirt.

— Ah oui ? Cite-moi une chose vraiment audacieuse que tu as faite dans ta vie.

— Mon tatouage.

Sa réponse fut étouffée par le coton gris, tandis qu'il faisait passer le vêtement au-dessus de sa tête.

Et elle fut nue devant ses yeux, ses cheveux noirs répandus sur ses épaules et frôlant ses seins.

Du bout des doigts, il frôla le papillon qui avait provoqué un tsunami dans sa propre vie.

Elle ferma les yeux et se mordit la lèvre, et il sentit son propre corps frémir de désir.

— Quand l'as-tu fait ?

Elle battit des cils, révélant un subtil assemblage de brun, d'or et de vert qui éclipsait le faux bleu de ses lentilles – moins éblouissant peut-être, mais plus intéressant, plus captivant.

Il pourrait se perdre dans ces yeux.

— Pour mon seizième anniversaire. Parce que ma mère avait dit qu'elle trouvait les femmes tatouées vulgaires. Elle ne sait toujours pas que je l'ai.

Il posa une main sur sa joue et glissa les doigts dans ses cheveux.

— Tu n'es pas une rebelle.

Il s'inclina sur son visage et prit délicatement sa lèvre inférieure entre ses dents.

— Être rebelle, c'est faire ce que tu veux, sans te soucier des conséquences. Toi, tu es juste douée pour garder des secrets. Ce n'est pas la même chose.

Il la fit taire d'un long baiser sensuel, qu'il prolongea jusqu'à ce qu'elle abandonne toute résistance.

Jusqu'à ce qu'elle pousse ses seins en avant, à la recherche d'un contact, et soupire contre sa bouche.

Alors, il retira les mains de ses cheveux et il s'écarta d'elle.

C'était la chose la plus difficile qu'il ait jamais faite.

Elle eut un gémissement de protestation, tandis que son regard exprimait l'incompréhension.

— Pourquoi un papillon ? demanda-t-il.

Il dut serrer les poings pour résister à la tentation de l'attirer à nouveau contre lui et de tout oublier.

Il ne fallait surtout pas qu'il pense comme c'était bon d'être profondément enfoui en elle, pendant qu'elle s'accrochait à lui et murmurait des mots sexy contre sa peau.

Parce qu'il avait quelque chose à dire et, s'il laissait son désir l'emporter sur la raison, il risquait de ne jamais y arriver.

15

Kaylee ne voulait plus parler de son tatouage. Ni qu'on lui dise qu'elle n'était pas une rebelle. Elle ne comprenait pas pourquoi le sujet était aussi important pour Aidan.

Le renflement impressionnant de son jean indiquait qu'elle n'était pas la seule à être intéressée par une utilisation classée X de la table.

Mais, au fond d'elle, quelque chose demandait à se défendre.

— Parce que mon enfance ressemblait à une prison, avec son règlement, ses contraintes... Et je voulais me rappeler qu'un jour je pourrais m'envoler où je voudrais. Je sortirais de ma chrysalide, et je m'éloignerais à tire d'ailes. Je vivrais la vie que je voulais. Je ferais ce qui me plairait. C'est à cause de ce tatouage que j'ai choisi comme nom de scène Mariposa, qui veut dire papillon en espagnol. Il est là pour me rappeler ce que je veux être.

Aidan hocha pensivement la tête.

— Tu sais comment on fait pour que les éléphants ne brisent pas leur chaîne ?

Kaylee plissa le front, ne comprenant pas le rapport avec sa propre histoire.

— On plante un énorme piquet en terre, et on enchaîne l'éléphant quand il est tout petit. Il a beau tirer dessus, il ne peut pas se libérer.

Kaylee frissonna. Elle n'aimait pas cette histoire.

— Puis l'éléphant grandit. Et il est bientôt assez fort pour briser sa chaîne. Mais il a fini par s'y habituer. Il ne se rend pas compte que ce n'est pas elle qui le retient prisonnier, mais que c'est lui qui n'essaie même plus de s'échapper.

Kaylee déglutit avec peine.

— Qu'est-ce que tu essaies de me dire ? demanda-t-elle, d'une voix crispée.

— Que tu n'es peut-être pas un papillon mais plutôt un éléphant.

Le ton d'Aidan était neutre, mais ses mots faisaient mal comme du verre brisé, laissant son cœur ensanglanté. Elle était peut-être nue devant lui, mais il venait de déshabiller son âme.

— Va te faire voir !

Elle fit un geste pour descendre de la table, mais il l'emprisonna dans le cercle de ses bras, une main de chaque côté de ses hanches.

— Tu dis que tu en as assez que ta famille

te contrôle. Assez de tout donner et de ne rien recevoir.

Il y avait à présent de la chaleur dans sa voix.

— Alors, ne les laisse pas faire. Ne va pas retrouver ta mère. Passe la journée avec moi.

— Pourquoi ? Parce que tu as envie de baiser ?

Elle se servait de sa colère comme d'un bouclier pour éviter que les mots d'Aidan ne la transpercent.

Il recula en laissant échapper un juron, puis il se passa la main dans les cheveux, visiblement frustré.

— Parce qu'elle te rend malheureuse et que tu ne lui dois rien.

— C'est ma mère.

— Et alors ?

Pourquoi était-il aussi borné ?

— Tu sais quoi ? Je n'ai pas le temps pour ça maintenant. Je dois récupérer ma voiture. Il faut que j'appelle un taxi pour me conduire au club.

Elle se tourna pour prendre son T-shirt sur la table.

— Ne bouge pas !

Ses mots étaient brûlants, résonnant comme des coups de feu.

Kaylee s'immobilisa.

Elle détestait que son corps la trahisse. Qu'il obéisse sans le consentement de son cerveau.

Elle détestait que ce ton impérieux la fasse frissonner et devenir soudain tout humide.

Se tournant à nouveau vers Aidan, elle leva fièrement le menton.

— Tu te prends pour qui ? Tu n'as pas à me dire ce que je dois faire.

Un instant avant, il semblait furieux. Mais il ne l'était plus maintenant.

Quelque chose avait changé dans son expression, et elle cilla, troublée par la sombre et dangereuse énergie qui passait entre eux.

— Qu'est-ce que tu veux ? demanda-t-il.

— Quoi ?

— Dis-moi ce que tu veux.

Elle avait envie de le gifler.

Mais elle avait aussi envie de l'attirer contre elle.

— Je veux que tu te sentes bien.

— Tu n'as droit qu'à un seul vœu, et tu veux t'en servir pour me faire jouir ?

Il secoua la tête.

— Oublie-moi. Qu'est-ce que tu veux, toi ?

— Je te veux en moi.

Elle écarta les genoux.

Et elle aima la façon dont le regard d'Aidan plongeait entre ses jambes.

Le désir la submergea, et elle crispa les doigts autour du rebord de la table.

— Pourquoi ?

— Je ne comprends pas pourquoi tu poses la question.

— Ça n'a rien d'un secret, ni d'un mystère. Tu sais exactement de quoi ton corps a envie. Pourquoi tes muscles se contractent, et pourquoi tu respires plus fort. Tout ce que tu as à faire, c'est de l'admettre.

Bon sang. Ses seins étaient lourds de désir. Ses tétons si durs qu'ils lui faisaient mal.

— Tu veux que je te fasse jouir, KJ ?

Oui. Oh ! que oui.

La réponse la fit trembler, déclenchant une chaleur insoutenable dans son ventre.

Elle parvint à hocher la tête.

— Alors, dis-le. Mérite-le.

Elle était si humide. Si désespérée que son vagin se contractait.

La pression la fit gémir.

— J'ai envie de jouir.

— Comment ?

Son pouls s'accéléra follement.

— Je veux ta bouche sur moi.

Il se pencha et posa ses lèvres sur les siennes.

— Ici ?

Elle secoua la tête.

Il posa la bouche dans le creux de son cou, et elle rejeta la tête en arrière tant la sensation était délicieuse.

— Ici ?

— Plus bas.

— Dis-moi ce que tu veux.

Elle s'étendit sur la table, frissonnant quand le métal froid entra en contact avec son dos.

— Lèche-moi.

Il passa la langue sur l'os de sa hanche qui saillait sous sa peau, et elle se tortilla. Insatisfaite. C'était si près de l'endroit où elle le voulait.

Elle ouvrit un peu plus grand les jambes, s'offrant totalement.

Mais il rit, et fit dévier sa langue vers son nombril.

La frustration la rendit audacieuse.

— Lèche ma chatte.

Elle n'avait jamais dit le mot avant. Elle était un peu choquée, consciente qu'elle sortait de sa zone de confort.

— Ne me demande pas, grogna Aidan. Oblige-moi.

Elle noua les doigts à ses cheveux, et l'attira là où elle voulait. Là où elle en avait besoin.

Avoir la bouche d'Aidan entre ses jambes était presque trop, et elle perdit le contrôle en un temps record.

La rapidité et la violence de son orgasme la prirent au dépourvu, et son dos décolla de la table tandis qu'elle succombait aux vagues de plaisir qui secouaient son corps.

Le sourire satisfait qui incurvait la bouche

diabolique d'Aidan lui donna l'impression d'être désirable… et un peu perverse.

— C'était…

Elle ne savait pas vraiment quel qualificatif employer tandis qu'elle se tournait pour attraper le T-shirt.

— Oui, ça l'était, approuva-t-il.

Seigneur qu'il était beau. Larges épaules et hanches étroites. Muscles saillants.

Elle sauta de la table et baissa les yeux vers le renflement de son jean.

Ses doigts se crispèrent dans le coton du T-shirt, qu'elle n'avait toujours pas enfilé.

— On dirait que c'est mon tour de te demander ce que tu veux.

À sa grande surprise, il secoua la tête.

— Ça va. Il était juste question de toi.

Elle plissa le front.

— Tu es sûr ? Parce que…

— Il faut que tu sois égoïste parfois. C'est ça, être une rebelle. Tu dis ce que tu veux. Tu prends ce que tu veux. Tu vois ce que je veux dire ?

Pas vraiment. L'idée la laissait confuse, désorientée. C'était presque trop violent pour elle.

— Sois un putain de papillon.

C'était peut-être un peu profane, mais tellement sage. Simple et clair. Tout à fait Aidan.

Pour Kaylee, la vie était compliquée. Pleine de pièges.

C'était comme se frayer un chemin à travers le champ de mines que représentaient les attentes, les sentiments et les désirs des autres.

Elle avait passé toute sa vie à naviguer de cette façon, essayant de garder le rythme, d'être à la hauteur, de ne décevoir personne, de gagner sa place.

Avec Aidan, tout était si simple.

Il lui avait proposé de l'accompagner. Puis il lui avait dit de ne pas y aller.

Deux possibilités. Blanc ou noir. Rien de gris.

Elle n'avait qu'à choisir.

Son sac était sur le canapé, où elle l'avait laissé la veille.

Avec un frisson d'anticipation, elle marcha vers le salon et exhuma son téléphone de sous ses vêtements.

Ses doigts tremblaient quand elle chercha le numéro de sa mère dans la liste des contacts.

Sylvia Whitfield décrocha à la première sonnerie.

— La circulation est un enfer. Tu devrais éviter de prendre…

— Je ne viens pas, maman.

Un silence effrayant, comme celui qui précédait un terrible événement dans un film d'horreur, lui fit crisper les doigts autour du téléphone.

— Je te demande pardon ?

La voix de sa mère était effroyablement calme. Ce n'était jamais bon signe.

— Il s'est passé quelque chose.

— Juste au moment où nous devons nous retrouver pour le brunch ? Quelle coïncidence !

Kaylee se sentit flancher. Mais elle posa les yeux sur Aidan, et sa présence lui donna de la force. Comme la fois où il l'avait prise dans ses bras alors qu'elle partait pour Oxford.

Elle prit une profonde inspiration.

— Tu es blessée, Kelly Jayne ? C'est une urgence médicale ? Sache qu'une personne bien élevée n'annule pas un rendez-vous à la dernière minute sans une bonne raison.

— Ce n'est pas une urgence. Je ne viens pas parce que je n'en ai pas envie.

Prononcer ces mots à voix haute, c'était comme se trouver en haut d'une falaise.

C'était à la fois terrifiant et excitant.

Enfin, elle disait ce qu'elle pensait.

Il y eut soudain des grésillements dans le téléphone, puis plus rien.

— Maman ?

Kaylee éloigna le téléphone de son oreille et vérifia l'écran. La durée d'appel défilait toujours régulièrement, et elle essaya à nouveau.

— Maman ? Tu m'entends ?

Il n'y eut pas de réponse.

Avec un soupir, Kaylee mit fin à l'appel. Pour un nouveau téléphone, il ne fonctionnait pas très bien.

— Super ! Maintenant, elle va penser que je lui ai raccroché au nez.

— Ce n'est pas très important après ton coup d'éclat. Tu as été parfaite.

— Tu ne penseras plus cela quand la colère céleste va se déchaîner et qu'il pleuvra des boules de feu, dit-elle d'un ton morose.

Le sourire d'Aidan la réconforta un peu.

— Viens ici.

Il l'attira dans ses bras, et elle se blottit contre lui, écoutant battre son cœur.

— Je suis fier de toi.

Des larmes lui montèrent aux yeux en entendant ces mots que personne ne lui avait jamais dits.

Elle les refoula. Aujourd'hui, elle s'émancipait. Et elle n'allait pas passer la journée à pleurer.

— Les belles paroles ça ne vaut rien, Beckett. Ce que je veux, c'est de l'action.

Il haussa un sourcil.

— Demande, et tu seras exaucée.

— J'aime mes omelettes avec des champignons et des fines herbes.

16

— Alors, qu'est-ce que tu en penses ?

Debout à côté d'Aidan, sur le trottoir au revêtement fissuré, Kaylee ôta son casque.

— Quand tu as dit que tu voulais que nous passions la journée ensemble, je ne m'attendais pas à ça.

Elle inclina la tête.

— C'est pas mal… pour un immeuble abandonné.

Aidan lui prit la main et l'entraîna vers la porte.

Même à cet instant, le contact de sa paume déclenchait des frissons sous sa peau.

Elle se demanda si un jour elle cesserait de sentir vibrer chaque cellule de son corps dès qu'il était proche.

Il lâcha sa main et lui donna son casque pour pouvoir déverrouiller la porte, puis elle se retrouva à l'intérieur d'un vaste espace industriel en cours de rénovation.

Aidan récupéra les casques et les posa sur le comptoir de la réception.

— Bienvenue chez Sal.

Deux rings de boxe, une série de punching-bags et d'autres équipements que Kaylee ne put identifier occupaient l'espace.

— Et Sal ne va rien dire qu'on entre comme ça chez lui ? demanda-t-elle.

Elle s'avança vers un mur couvert de graffitis, de noms et de dates, dont certaines remontaient aux années soixante-dix.

— Il n'a pas grand-chose à dire, étant donné que je suis le propriétaire.

Kaylee écarquilla les yeux.

— Il voulait prendre sa retraite, alors je me suis associé avec son fils pour continuer à faire fonctionner la salle. Elle rouvrira dans un mois, quand les travaux seront terminés. C'est ici que j'ai appris à boxer.

Il y avait une note de fierté dans la voix d'Aidan, une excitation juvénile tandis qu'il cherchait quelque chose sur le mur.

— Là ! Regarde.

Il désigna une signature tout en bas.

— Tout le monde avait le droit de signer après avoir gagné son premier match.

Kaylee déchiffra la date sous l'écriture enfantine formant le nom d'Aidan Beckett.

Elle fit le calcul.

— Tu as gagné ton premier match de boxe à douze ans ?

Il haussa les épaules, modeste.

— Tu sais, après la mort de ma mère, j'ai développé une certaine agressivité. Il fallait trouver une façon de canaliser mon excédent d'énergie. Sal m'a pris sous son aile. J'ai beaucoup appris avec lui.

Tout en parlant, Aidan s'était déplacé. Il désigna un autre endroit du mur.

— Regarde ça.

Kaylee le rejoignit et découvrit avec surprise le nom de son frère. Il avait quinze ans quand il avait signé.

— C'est l'année où nous nous sommes rencontrés, dit Aidan en se dirigeant vers le punching-ball le plus proche.

— À Harvard-Westlake ?

Kaylee espérait qu'Aidan allait continuer à dérouler ses souvenirs. Elle ne connaissait pas l'histoire de leur rencontre.

Aidan hocha la tête puis, levant les coudes, il envoya une série de coups de poing rapides dans le punching-ball, le faisant tressauter en tous sens.

— J'avais frappé un type qui se moquait de moi parce que j'étais boursier. Ses copains sont venus à la rescousse, et je me suis retrouvé seul contre quatre. Max est intervenu, et après ça ils m'ont fichu la paix.

— Je me souviens de ce jour ! Max est rentré avec le visage en sang. Ma mère était furieuse parce qu'elle avait une réception le soir même. Elle avait peur que ses amis pensent que son fils était devenu un voyou. Du coup, il n'a pas eu le droit de se montrer ce soir-là. J'avoue que j'étais un peu jalouse. C'était à cause de toi, alors ?

Aidan hocha la tête.

— Une amitié forgée dans le sang. Max et moi avons passé beaucoup de temps ici.

— Vraiment ?

Kaylee réalisait qu'elle ne connaissait vraiment rien de lui.

— Max ne t'en a jamais parlé ?

— Nous n'étions pas proches.

Il y avait de la tristesse dans sa voix, et Aidan l'entendit aussi car, lorsqu'il reprit la parole, il y avait une intonation réconfortante, comme celle qu'il employait autrefois pour lui remonter le moral.

— Bien, assez parlé, KJ. Monte sur le ring et montre-moi ce que tu sais faire.

Aidan adorait sa façon de froncer le nez avant de porter un coup.

— Tu n'auras jamais ta signature sur le mur si tu continues à frapper comme ça.

Elle rit.

— Je fais de mon mieux. C'est plus dur que je ne pensais.

— Rappelle-toi : les coudes rentrés et les mains levées.

Elle reprit la position qu'il lui avait expliquée précédemment. La crispation opiniâtre de sa mâchoire quand elle se concentrait lui rappelait Max.

Il tapa l'un contre l'autre les pads d'entraînement et les brandit devant lui.

Elle donna trois coups corrects, et un vraiment bon.

— Bravo ! Tu as compris. Recommence.

Son téléphone vibra dans sa poche arrière et il baissa la garde, ayant l'intention de répondre.

Kaylee le toucha à l'épaule, assez violemment.

— Oh ! doucement, petite furie !

Elle eut une mimique horrifiée.

— Désolée. Mais tu as bougé.

Avec un sourire, Aidan retira les pads d'entraînement et les jeta sur le banc, dans le coin.

— Je survivrai, dit-il en plongeant la main dans sa poche.

— Oui, mais tu vas sûrement avoir un bleu.

Il prit la communication.

— Allô ?

— Je viens d'avoir les résultats de l'analyse de codage. Tu as dit que tu voulais être prévenu aussitôt.

Aidan tourna le dos à Kaylee et baissa la voix.

— Et ?

— Les logiciels Whitfield et Cybercore sont tous les deux construits sur l'échantillon original que tu m'as fourni.

Le travail de son père.

Aidan prit quelques secondes pour assimiler la nouvelle.

Il avait toutes les preuves nécessaires pour ruiner Whitfield Industries, récupérer la propriété du code et le confier à EndeavorTech, la start-up qu'il soutenait.

— Tu n'as qu'un mot à dire, et je confie les résultats à tes avocats.

Aidan jeta un coup d'œil par-dessus son épaule à Kaylee. En bonne élève, elle boxait dans le vide, répétant la combinaison qu'il lui avait apprise.

— Tu sais quoi ? Attends encore un peu.

— Pardon ?

— Je veux y réfléchir avant de passer à l'étape suivante.

— Comme tu voudras.

Aidan mit fin à la communication et glissa son téléphone dans sa poche.

— Désolé. Le travail.

Kaylee continuait à sautiller autour de lui, incarnant de façon un peu caricaturale un boxeur.

— C'est une excuse bien pratique pour un homme qui sait qu'il va se faire ratatiner.

Elle enchaîna une série de coups, et Aidan leva sa main nue pour bloquer le dernier.

— Je t'ai bien eu, se vanta-t-elle, tandis qu'il faisait un pas en arrière. Tu es dans les cordes. Qu'est-ce que tu vas faire maintenant ?

Bon sang, elle était splendide.

Le visage rougi par l'effort, les yeux brillants, sa queue-de-cheval qui dansait au rythme de ses mouvements…

Il avait terriblement envie d'elle.

— C'est facile.

En un mouvement vif comme l'éclair, il la plaqua contre les cordes, et captura son cri de surprise dans un baiser.

— D'abord, il faut surprendre son adversaire, expliqua-t-il. Puis il faut prendre le pouvoir sur lui.

— Ça me plaît.

Il souleva le bas de son T-shirt, et elle leva les bras pour qu'il puisse le lui enlever.

Les manches restèrent coincées sur les gants de boxe, mais il suffit de tirer légèrement pour régler le problème.

Et tant pis si les coutures craquèrent un peu. Il lui en achèterait un autre.

Il la déshabilla entièrement sans qu'elle ne proteste. Puis, à son tour, il se débarrassa de ses vêtements.

— Tiens-toi à la corde supérieure, dit-il, tandis qu'il sortait un préservatif.

Kaylee écarta les bras le long de la corde et serra les gants autour.

Bon sang !

Aidan commença à se caresser, tout en la regardant ainsi offerte, ne portant rien d'autre que des gants de boxe.

Le sang battant à ses tempes, il s'approcha. Puis il abaissa la corde blanche – la deuxième en partant du haut – et la cala sous les fesses de Kaylee, ce qui eut pour effet de soulever ses hanches vers lui.

Instinctivement, pour atténuer le mouvement de balancier, elle noua les jambes autour de sa taille.

Aidan lui laissa le temps de reprendre son souffle et d'ajuster sa prise sur la corde supérieure.

Quand elle eut trouvé son équilibre, il glissa la main entre eux et guida son membre durci dans sa moiteur.

— Tu as intérêt à t'accrocher, la prévint-il.

Puis il saisit la corde de chaque côté de ses hanches, et la tira d'un coup sec vers lui.

Leurs corps s'assemblèrent avec une force qui arracha un cri de surprise à Kaylee. Puis Aidan continua à imprimer un mouvement de balancier à la corde, leurs corps s'écartant et s'unissant brutalement, jusqu'à ce que sa vision commence à se brouiller et ses jambes à céder.

C'était si excitant. Les tressautements de ses seins tandis qu'elle chevauchait furieusement son membre. Ses gémissements de plaisir. Le bruit de leurs corps qui se heurtaient…

— Oh ! Aidan. Ça vient. C'est presque là. Je vais jouir. Fais-moi jouir.

Il ne savait pas si c'était sa façon de prononcer son prénom ou la crudité des mots, mais il sentit qu'il ne pourrait plus se retenir très longtemps.

À la seconde où elle se contracta autour de lui, il laissa s'enflammer les étincelles qui couraient dans ses veines et la rejoignit dans l'extase.

17

Kaylee passa un week-end de rêve, à dormir dans les bras d'Aidan, à porter les T-shirts d'Aidan, et à manger la nourriture d'Aidan.

Ce type était vraiment doué pour faire les omelettes.

Et pour donner des conseils sur la façon de mener sa vie.

Ce matin, elle allait l'améliorer en entrant dans le bureau de Max et en reprenant sa démission.

Dans l'ascenseur qui la conduisait au dernier étage, elle avait l'impression d'être une nouvelle femme. Et ce n'était pas uniquement parce que ses muscles étaient délicieusement douloureux ou parce qu'elle voguait dans une béatitude sensuelle.

Non, il n'y avait pas que ça.

En l'espace d'une semaine, elle avait réalisé ses désirs les plus fous et tenu tête à sa mère. Aujourd'hui, elle n'avait plus peur de se faire entendre. De dire exactement ce qu'elle voulait.

De mettre dans sa vie personnelle la confiance en soi qu'elle ressentait au travail et sur scène.

Sa belle assurance se dissipa à la seconde où les portes de l'ascenseur s'ouvrirent.

Max était de retour.

La qualité de l'air avait changé.

Il y avait une énergie nouvelle dans le bureau, plus d'animation et d'efficacité.

Pourtant, elle avait fait du bon travail pendant son absence. Mais son frère était l'âme de Whitfield Industries. La compagnie dans sa forme actuelle était le résultat de sa vision.

Il y avait mis son sang, sa sueur et ses larmes. Au figuré, bien sûr. Des robots comme son frère ne s'abaissait pas à des faiblesses telles que les sentiments humains.

Ignorant le tremblement de ses mains et l'accélération de son pouls, elle se dirigea vers Sherri, l'assistante hyper efficace de Max.

— Je dois le voir.

— Comme tout le monde. Malheureusement pour vous tous, le FBI l'a convoqué pour parler de l'affaire contre votre père. Il ne sera pas disponible avant 16 heures.

Kaylee soupira, sans savoir si c'était de soulagement ou de résignation.

— Je repasserai plus tard, alors.

Elle aurait aimé être davantage choquée par l'idée que son père avait commis un délit, se servant d'Emma Mathison pour obtenir des informations sur SecurePay et finançant en échange les soins palliatifs pour sa mère mourante. Malheureusement, c'était trop facile à croire.

Elle avait toujours apprécié Emma. Aimable, professionnelle, incroyablement dévouée…

Quand son père avait été arrêté, elle s'était souvenue de la fois où elle les avait vus discuter tous les deux. Elle était dans le hall, attendant son père qui devait l'emmener dîner. Emma et Charles étaient sortis de l'ascenseur. Il avait l'air menaçant, tandis qu'Emma se recroquevillait sur elle-même, paraissant infiniment fragile.

Kaylee avait vite balayé cette impression mais, plus tard, cela n'avait cessé de la hanter.

— Vous aviez besoin d'autre chose ?

La voix de Sherri arracha Kaylee à ses pensées, et elle secoua la tête.

La journée fut truffée de millions de feux à éteindre, et Kaylee n'eut pas une minute à elle avant 19 heures.

Elle entra sans frapper dans le bureau de son frère.

— Tu as une minute ?

La nuit était tombée. Max avait ôté sa veste, desserré sa cravate et roulé les manches de sa chemise.

Malgré le tableau familier, Kaylee ne put

s'empêcher de penser qu'il avait changé. Il ne semblait plus le même. Et elle se demanda ce qui s'était passé quand il était à Dubrovnik.

— Pas vraiment.

— Eh bien, il va falloir que tu en trouves une.

Son ton cassant lui valut un haussement de sourcils de la part de Max.

Puis il lui désigna le fauteuil en face de lui.

Et il attendit.

Un frisson courut le long de la colonne vertébrale de Kaylee.

Max était encore plus impressionnant quand il était silencieux. Tranquille.

« Tu dis ce que tu veux. Sois un putain de papillon. »

Pour une fois, ce n'était pas la voix de sa mère qu'elle entendait dans sa tête mais celle d'Aidan.

Kaylee redressa le menton et s'avança.

Ne laisse paraître aucune peur.

— Demain, ça fera deux semaines que j'ai démissionné.

— Et ?

Son intonation indifférente suffit à la faire sortir de son schéma habituel, qui consistait à s'asseoir et à attendre. Autrefois, quand elle était enfant, elle pouvait passer des journées dans le sillage de son frère, sans dire un mot, sans bouger, à attendre simplement qu'il la remarque.

Mais il ne lui accordait jamais aucune attention. Et elle n'avait plus envie d'attendre.

— Tu n'as pas commenté ma décision.

— Tu n'as répondu ni à mes appels ni à mes textos.

— J'avais un peu de travail ici, figure-toi. Et, pendant que tu étais parti, j'ai réalisé un truc. Je suis très douée dans ce que je fais. Donc, je retire ma démission. Je veux récupérer mon poste.

— Très bien.

La fierté la submergeait. Elle était triomphante et prête à se battre.

— Et je n'accepterai pas de refus… Quoi ? Comment ça, « très bien » ?

Elle aurait dû exulter. Au lieu de quoi, elle était furieuse.

— C'est tout ce que tu as à dire ? Tu sais le courage qu'il m'a fallu pour venir te parler ?

Max passa une main le long de sa cravate.

— J'ai accédé à ta demande. Mission accomplie. Qu'attends-tu d'autre de ma part ?

— J'attends que, pour une fois dans ta vie, tu sois un être humain, au lieu d'un robot.

De toute évidence, elle le surprit. Et le plus choquant fut qu'il le laissa paraître. Célèbre pour son impassibilité de joueur de poker, Max avait baissé la garde.

— Ce n'est ni l'endroit ni le moment pour avoir cette discussion.

— C'est exactement ça, le problème, avec toi ! Ce n'est jamais l'endroit ni le moment.

— Tu veux en parler maintenant ? Très bien.

Max pressa un bouton caché sous son bureau, et le mur vitré de son bureau s'obscurcit.

— Allons-y.

— Tu as livré papa au FBI et quitté le pays. J'ai dû gérer la crise et assumer toutes les responsabilités pendant que tu étais en vacances. J'étais dépassée par les événements. Et j'ai démissionné pour que tu m'accordes ton attention. Mais tu ne l'as pas fait.

Max la regarda, paraissant lui-même un peu dépassé par les événements, mais elle ne flancha pas. Elle n'allait pas le laisser sans sortir comme ça cette fois.

— Je ne te comprends pas, Max. C'est tellement facile pour toi de chasser les gens de ta vie, de couper les liens. Même avec papa. Je sais que ce qu'il a fait est mal, mais c'est notre père. Et tu es un peu responsable de tes mauvaises relations avec lui parce que tu n'as jamais rien fait pour arranger les choses.

Elle ignora les larmes qui lui montaient soudain aux yeux.

Max ne les méritait plus.

Elle n'était plus une petite fille qu'il tenait à l'écart de sa vie. Celle qui pleurait toutes les nuits avant de s'endormir en se demandant pourquoi son frère ne l'aimait pas.

Elle était une femme.

Et Aidan avait raison. Elle ne devait plus laisser sa famille profiter d'elle parce qu'elle avait peur de lui tenir tête.

Rassemblant toute sa dignité, elle commença à se lever. Mais la voix de Max l'interrompit.

— Tu te souviens d'Arlo ?

Cette question inattendue la troubla.

— Notre chien ? Évidemment que je m'en souviens. Après sa mort, nous n'avons plus jamais eu aucun animal de compagnie, alors que j'ai passé toute mon enfance et une partie de mon adolescence à en réclamer un.

— Il n'est pas mort.

— Quoi ?

— Papa s'en est débarrassé pour me donner une leçon.

— Mais tu m'as dit…

Kaylee se rappelait le visage solennel de Max quand il lui avait dit qu'Arlo était mort, qu'elle ne le reverrait plus.

Elle s'était blottie dans ses bras, en larmes, car elle ressentait un immense chagrin. Elle avait huit ans, Max douze, et elle pensait qu'il était comme un adulte, fort et rassurant. Il ne pleurait pas. Et elle avait trouvé ça un peu bizarre parce que Max adorait ce chien.

— Je t'ai menti parce que je ne voulais pas que tu saches ce qui s'était passé. Maman était tellement dure avec toi. Et tu étais plus proche de papa.

— J'étais proche de toi, Max.

Un muscle joua dans la mâchoire de Max, et elle lui en voulut de sa froideur, juste à ce moment précis.

— C'est la dernière fois que tu m'as prise dans tes bras. Après, tu es devenu distant. Tu ne me voyais plus. On aurait dit que j'étais devenue transparente.

— J'essayais de te protéger.

— Mais de quoi ? D'être une intruse dans ma propre famille ? Dans ce cas, tu as échoué.

— De papa !

La brutalité de son intonation avait la force d'un volcan déchaîné. Jamais Kaylee ne l'avait vu aussi furieux. La froideur était sa marque de fabrique.

— Il s'est débarrassé du chien parce qu'il disait qu'il me rendait faible. Je ne voulais pas qu'il te fasse du mal pour m'atteindre. Je me suis promis qu'il ne saurait pas que tu étais importante pour moi.

— Mais tu avais peur de quoi ? Qu'il m'envoie en pension ? Ça aurait été un tel soulagement pour moi.

— Ce n'est pas de ça que j'avais peur.

Quelque chose dans le regard hanté de Max mit fin à son sarcasme. Elle le sentait se retirer tout doucement, comme du sable filant entre les doigts, même s'il n'avait pas bougé un muscle.

— Tant qu'il gardait son attention sur moi, je savais qu'il ne s'en prendrait pas à toi.

Une idée terrifiante traversa l'esprit de Kaylee. Elle voulut l'ignorer, mais c'était impossible.

— Qu'est-ce qu'il te faisait ?

Max baissa la tête. Et cela lui ressemblait si peu qu'elle affola.

— Max, que faisait-il ?

Elle ne le reconnut pas quand il releva la tête. La honte dans ses yeux était poignante. Il n'était plus ce grand frère imperturbable et impressionnant. Il avait l'air… hanté. Et terriblement humain.

— D'abord, il m'obligeait à choisir la ceinture qu'il allait utiliser. Et… Quand il avait fini… il m'enfermait dans un placard.

Horrifiée, Kaylee porta les mains à sa bouche.

— Je ne savais pas. Je te jure que je ne le savais pas.

Max avait le regard perdu, comme s'il n'était pas dans la pièce avec elle. Il fixait le passé, quelque part au-dessus de son épaule droite.

— Je ne voulais pas que tu le saches.

— Mais pourquoi ? Je suis ta sœur. Je t'aime.

— Parce que je ne voulais pas que tu t'inquiètes.

Et puis, ça a fini par s'arrêter. Quand j'ai été assez grand et fort pour lui résister, ça s'est arrêté.

— J'en ai tellement assez que tout le monde veuille me protéger ! J'aurais peut-être pu t'aider. Mais tu m'as tenue à l'écart. Tu m'as laissé croire qu'il était gentil. Tu m'as laissé quémander des miettes de son attention.

Elle savait que sa colère était déplacée, mais elle en voulait tellement à tout le monde. À son père. À sa mère. Et aussi à Max.

— J'ai pris le parti de papa. Je l'ai défendu contre toi.

— Je voulais que tu aies au moins un parent qui s'occupe de toi.

— Je n'avais pas un parent. J'avais un monstre. Et tout le monde le savait sauf moi. Ce n'est pas étonnant que tu me repousses. C'est probablement lui que tu vois quand tu me regardes.

Il était évident qu'elle aurait pris le parti de Max si elle avait su. Mais il ne lui avait pas laissé le choix. Il avait préféré gérer ça tout seul. En se mettant à sa place de petit garçon de douze ans, elle pouvait comprendre. Mais cela faisait longtemps qu'ils n'étaient plus des enfants.

Et cela lui faisait si mal de savoir qu'il n'avait pas eu suffisamment confiance en elle pour lui dire la vérité.

— Kale…

Elle fut émue en entendant le surnom qu'il lui donnait autrefois, mais cela ne suffit pas à la faire fléchir.

Elle secoua la tête.

— Je ne peux pas. Je suis désolée s'il t'a fait du mal… Mais, je…

Oh Seigneur, elle avait envie de vomir à l'idée que Max avait été battu dans son enfance.

Elle se leva d'un bond.

— Je dois y aller.

— Attends !

Tout se bousculait dans sa tête. Sa vie s'effondrait. Tout ce à quoi elle avait cru n'était que mensonges et faux-semblants.

Elle courut jusqu'à l'ascenseur et fut soulagée de voir que Max s'était arrêté à la porte de son bureau. Qu'il ne l'avait pas suivie.

Elle baissa la tête de honte face à sa propre lâcheté, tandis que la porte métallique de la cabine se refermait.

Kaylee avait les jambes en coton quand elle arriva à sa voiture.

Se laissant tomber dans le siège baquet en cuir, elle mit le contact et sortit du parking souterrain.

La confession de Max tournait en boucle dans son esprit, lui faisant perdre le sens de l'orientation et, quand elle fut au niveau de la rue, au lieu prendre la direction de son appartement, elle tourna du côté opposé.

Au début, elle crut qu'elle roulait sans but. Puis elle reconnut son environnement.

Elle s'était dirigée tout droit vers lui – vers la seule personne que Max n'apprécierait pas qu'elle voie.

C'était un secret de plus entre eux, mais elle ne pouvait pas s'en empêcher.

Elle était fatiguée, vidée émotionnellement, et ses mains tremblaient, alors que l'adrénaline se dissipait.

Maintenant qu'elle était seule, les larmes qu'elle avait retenues par fierté ruisselaient sur ses joues.

Son père avait battu Max avec une ceinture pendant des années.

C'était horrible. Poignant à vous serrer le cœur. Et elle ne doutait pas un seul instant de l'histoire de Max.

Elle songea à tout ce temps qu'elle avait perdu pour essayer de plaire à son père, pour qu'il soit fier d'elle.

Et maintenant…

Maintenant elle remettait ses choix en question. Parce que son père n'était pas l'homme qu'elle croyait. Et parce que son frère était bien différent de l'image qu'il donnait de lui.

Elle détacha sa ceinture. Ouvrit sa portière.

Ce n'était pas le moment de penser.

De l'action. Elle voulait de l'action.

Elle tambourina si fort sur la porte métallique qu'elle eut mal aux jointures.

Elle avait du mal à respirer.

L'attente la rendait nerveuse. Les pensées se bousculaient dans sa tête, mais elle les repoussa. Les émotions serraient sa poitrine, mais elle s'efforça de ne pas y penser.

Une femme bien élevée ne laissait rien paraître en public, aurait dit sa mère.

Le bruit de la porte qui se soulevait lui fit relever la tête.

Puis Aidan fut là.

— Kaylee ?

Il la prit par les épaules et scruta son visage.

— Bon sang. Que t'est-il arrivé ?

— Max vient de me dire…

Elle n'alla pas plus loin et éclata en sanglots tandis qu'Aidan l'attirait contre lui.

Il était solide comme un roc dans un monde qui venait de dévier de son axe, et ses bras autour d'elle lui apportaient un appréciable réconfort.

Max avait essayé de la protéger. C'était adorable, et poignant, et rageant, et triste…

Et son père, l'homme à qui elle avait tant essayé de plaire, était un monstre.

Elle se blottit plus étroitement contre Aidan. Elle avait tellement besoin de lui pour endiguer les informations qui se télescopaient dans sa tête.

Elle blottit son visage contre son torse, puisant du calme et de la force dans le battement régulier de son cœur sous sa joue.

Elle savait maintenant pourquoi elle était venue ici.

Parce qu'Aidan la connaissait mieux que personne.

Et c'était un étrange constat qu'un homme qui venait de réapparaître accidentellement dans sa vie, après une coupure de dix ans, ait ce privilège, mais c'était pourtant le cas.

C'était lui qui l'avait surprise à lever les yeux au ciel quand sa mère critiquait sa façon de se tenir ou sa coiffure.

Lui qui lui lançait un regard compréhensif quand elle était traînée à une leçon de violon ou à un cours de danse.

Il connaissait sa vie secrète en tant que Lola.

Il savait ce qui la faisait jouir.

Il savait à quoi elle ressemblait quand elle avait le cœur brisé.

Il savait toutes ces choses qu'elle n'avait jamais montrées à personne.

Parce qu'elle avait confiance en lui. Depuis toujours.

Maintenant, elle comptait sur lui pour la faire se sentir mieux. Parce que personne d'autre ne le pouvait.

Rejetant la tête en arrière, elle crispa les doigts sur son T-shirt.

— Je ne veux pas parler, Aidan. Je veux oublier.

Il grimaça, lui faisant comprendre qu'il ne se satisfaisait pas de son absence de réponse.

Mais elle ne pouvait pas. Pas tout de suite. Pour le moment, elle ne comprenait plus rien. Tout ce qu'elle croyait vrai était tombé en cendres. Elle avait besoin de temps pour retrouver son équilibre.

Elle avait besoin de quelque chose de solide à quoi se raccrocher. Et Aidan était son seul ancrage.

Implorante, elle tendit sa bouche à Aidan, goûtant le sel de ses propres larmes qui coulaient jusqu'à ses lèvres, avant qu'il ne lui donne un baiser d'une infinie douceur.

Il ne comblait pas seulement ses sens. Il remplissait tous les vides en elle.

Elle noua les bras autour de son cou, se pressa contre lui, et laissa le plaisir de le toucher la distraire.

Et, à son grand soulagement, il accepta. Il ne protesta pas, n'essaya pas de la repousser.

Il se laissa embrasser et l'embrassa en retour

tandis qu'elle enlevait maladroitement sa veste. Puis ils titubèrent à travers le loft, trouvèrent le chemin de l'escalier pendant qu'ils se déshabillaient l'un l'autre.

Elle ne voulait qu'une chose, se retrouver dans la chambre.

Il ne l'abandonna qu'un instant, le temps de prendre un préservatif, puis il fut là où elle l'attendait : dans ses bras, entre ses jambes, en elle.

Le monde se réduisit bientôt au frottement de sa barbe dans son cou, à son souffle sur sa peau.

Elle ferma les yeux et s'abandonna aux sensations qu'il provoquait en elle.

Et quand plus tard il se laissa retomber à côté d'elle, essoufflé et repus, elle se blottit contre son corps, lui volant un peu de chaleur et de force.

18

Aidan tambourina à la porte en espérant que son contact l'avait envoyé au bon endroit.

Posant les mains de chaque côté de l'encadrement, il s'exhorta à garder son calme.

Il fallait juste qu'il respire.

Kaylee avait fini par s'endormir, mais il était trop agité pour l'imiter. Elle était bouleversée en arrivant chez elle, et il avait l'intention de tirer ça au clair.

Il frappa à nouveau, jusqu'à s'en faire mal à la main.

La porte s'ouvrit enfin, et Aidan se trouva nez à nez avec son pire ennemi.

De la main gauche, il saisit le T-shirt de Max, tandis que la droite se refermait autour de son cou. Puis il le poussa à l'intérieur et le plaqua contre un mur.

— Qu'est-ce que tu lui as fait ?

Max lui opposa un regard calme, une attitude imperturbable, qui contrastait avec la sienne et lui rappelait combien ils étaient différents.

— Il vaut mieux que tu me lâches, Aidan.

— Pas avant que tu me dises ce que tu lui as fait.

— De qui tu parles ?

Aidan le poussa à nouveau violemment contre le mur, avant de le lâcher.

Franchement, il se moquait de lui ?

— Je te demande pourquoi Kaylee est arrivée chez moi en pleurs.

Max devint étrangement immobile.

— Qu'est-ce que tu viens de dire ?

Il aurait dû le voir venir mais, depuis tant d'années qu'il connaissait Max, celui-ci n'avait jamais frappé le premier.

La tête d'Aidan partit en arrière alors qu'une violente douleur irradiait dans son nez. Il l'ignora et répliqua par un direct du droit qui toucha Max à la mâchoire et le fit tituber en arrière.

Aidan fit bouger ses doigts tandis qu'il reculait, le souffle court. Apparemment, ses articulations n'avaient rien. Il répartit différemment son poids sur ses pieds, prêt à répliquer si son adversaire voulait passer au cran supérieur.

Max se redressa, cherchant lui aussi son souffle. Sa lèvre inférieure était fendue et commençait déjà à gonfler.

— Que tu t'en prennes à moi, c'est de bonne guerre. Mais ne touche pas à Kaylee, espèce de salaud. Ne la mêle pas à ça.

Aidan sourit narquoisement, car il savait que ça agacerait Max.

— Que se passe-t-il ? Il est plus de minuit, et… Oh ! mon Dieu, Max ! Tu saignes.

Une ravissante blonde en débardeur et petit short de coton blanc venait d'émerger du fond de l'appartement.

— Ça va, dit Max, en s'essuyant la bouche du revers de la main.

— Non, ça ne va pas.

Elle se dirigea vers le coin cuisine et ouvrit le congélateur.

Aidan renifla et ressentit un goût métallique au fond de la gorge. Soulevant le bas de son T-shirt, il s'essuya le visage, avant de tâter précautionneusement son nez. Il n'avait pas l'air cassé.

La blonde revint avec un pack de glace improvisé dans chaque main : sachet de congélation, glaçons, et torchon à vaisselle.

À la grande surprise d'Aidan, elle lui en tendit un.

— Je suis Emma.

Visiblement, elle ne savait pas qui il était, ni ce que son petit ami pensait de lui.

— Max m'a beaucoup parlé de vous.

Il posa la glace sur ses articulations douloureuses et jeta un regard surpris à Max.

— Je ne savais pas qu'il était capable de se confier. Surtout à propos de moi.

Emma sourit et s'approcha de Max. Puis elle posa avec délicatesse le pack de glace sur sa mâchoire. La façon dont Max leva la main pour la poser sur la sienne surprit Aidan. Il y avait entre eux une tendresse et une complicité indéniables.

Gêné comme s'il s'était immiscé dans quelque chose de privé, il baissa les yeux.

— Bon, vous avez visiblement des choses à vous dire. Et, comme mes talents d'infirmière s'arrêtent là, je vais vous laisser.

Elle se hissa sur la pointe des pieds et déposa un baiser sur la joue de Max. Mais, quand elle tourna la tête vers Aidan, son regard contenait un avertissement.

Elle avait du caractère. Malgré lui, Aidan se surprit à l'apprécier.

Il attendit qu'elle ait quitté la pièce la pièce pour reporter son attention sur Max.

— Qu'est-ce que tu lui as raconté sur moi ?

— Tout.

— Tu es sérieux ?

Max haussa les épaules.

— Je l'aime.

Cet aveu prit Aidan au dépourvu. Cela ne ressemblait pas du tout à Max. En tout cas, pas au Max qu'il connaissait. Mais, apparemment, il n'était pas le seul à avoir changé en cinq ans. Lui, il avait perdu son père et son ami. Max avait gagné la direction d'une société de premier plan, s'était débarrassé de son ordure de père et avait trouvé l'amour.

— Tu veux un verre ? proposa Max.

Toujours aussi bien élevé. Respectueux des bonnes manières. Ça, c'était du Max dans toute sa splendeur.

— Pourquoi pas.

Aidan s'avança dans l'appartement, descendant les trois marches qui menaient au salon, et s'arrêta devant la baie vitrée.

Los Angeles était magnifique la nuit. Sexy, attirante. Un ciel d'encre piqueté de toutes les lumières de la ville.

— Alors, comme ça, tu vis dans le penthouse d'un hôtel ? Ce n'est pas un peu prétentieux, même pour toi ?

Max lui lança un regard ironique.

— J'aime bien rester avec les gens de mon milieu.

Le silence s'éternisa entre eux pendant que Max remplissait les verres et qu'Aidan contemplait la ville.

— Ce n'est pas exactement comme ça que j'imaginais ce moment, finit par dire Max.

Aidan lui lança un regard par-dessus son épaule.

— Tu ne peux pas t'empêcher de penser à moi, hein ?

— Je vois que tu n'as pas changé.

Max prit les verres et rejoignit Aidan près de la fenêtre.

— Toujours aussi modeste.

Aidan accepta le verre avec un signe de tête en guise de remerciement.

— Si ça peut te consoler, je ne voyais pas ça comme ça non plus.

Il but une gorgée de scotch et en apprécia l'excellente qualité. Max voulait toujours ce qu'il y avait de mieux.

— Je veux dire… Je ne pensais pas que tu frapperais le premier.

Max esquissa un sourire. Puis il but une gorgée d'alcool, et il grimaça avant de toucher sa lèvre enflée.

Pendant un moment, il contempla la ville. Quand il reprit la parole, il n'y avait plus aucune trace d'humour dans sa voix.

— Elle pleurait ?

Aidan hocha la tête.

Max soupira.

— Tu peux m'expliquer ce qu'elle faisait chez toi ?

Aidan haussa les épaules.

— Que veux-tu que je te dise ? Les femmes apprécient les hommes qui savent écouter.

— Donc, après cinq ans de guerre silencieuse entre nous, tu débarques à Los Angeles et tu revois par hasard ma sœur, qui compte tellement peu pour toi que tu viens ici pour me casser la figure parce que tu crois que je l'ai fait pleurer. Et tu t'imagines que je vais croire ça ?

— D'abord, si j'avais eu l'intention de te casser la figure, tu serais étendu par terre en ce moment.

— Peut-être. Mais je jure que si tu te sers d'elle pour m'atteindre…

Max laissa la menace en suspens, tandis qu'il buvait une longue gorgée de scotch.

— Depuis combien de temps êtes-vous ensemble ?

Merde. Il aurait dû s'attendre à cette question. Max adorait démonter les choses pour découvrir comment elles fonctionnaient.

— Je ne répondrai pas tant que tu ne m'auras pas dit ce que tu lui as fait.

Un muscle joua dans la mâchoire de Max.

— Laisse tomber, vieux.

— Tu sais que je ne le ferai pas.

Max garda si longtemps le silence qu'Aidan fut surprise de l'entendre parler finalement.

— Je lui ai dit que notre père me frappait et que je le laissais faire pour la protéger.

— Bon sang !

Aidan comprenait mieux maintenant pourquoi Max lui avait demandé des informations sur la boxe, après la rixe au lycée. Pourquoi il était venu traîner dans son quartier, alors qu'il aurait pu s'inscrire dans un club plus chic. Pourquoi il avait travaillé si dur pour gagner en musculature cet été-là.

— Ça se passait pendant que nous étions au lycée ?

— Ça s'est arrêté à mon entrée en première.

— Des coups de poing ?

— De ceinture.

— Merde.

Aidan crispa les doigts autour de son verre.

— Tu aurais dû m'en parler. J'aurais pu t'aider.

Le regard de Max se perdit au loin vers la ville.

— Tu m'as aidé. Et je me suis occupé du reste. Et tu n'aurais pas compris. Tu avais un père génial. Qui t'aimait. Qui t'a donné un capital de départ pour tes affaires. Qui était fier de toi.

Aidan ricana amèrement.

— Dans quel conte de fées tu as lu ça ? Mon père était un ivrogne. À treize ans, je passais plus de temps à m'occuper de lui que le contraire.

— Pourquoi je ne l'ai jamais su ?

— Parce que, quand nous nous sommes rencontrés, il avait commencé à remonter la pente. Tu n'as vu que son bon côté. Le génie du codage informatique. Et il est redevenu sobre quand tu lui as offert un emploi chez Whitfield Industries.

Aidan soupira.

— Pendant un moment, en tout cas. Vers la fin, j'ai bien vu que les choses tournaient mal. J'aurais dû revenir. Mais je ne voulais plus être confronté à son addiction.

Il était en Espagne, dans un hôtel cinq étoiles, et fêtait son premier million. Il n'avait pas envie de jouer les baby-sitters. C'était compliqué d'aimer quelqu'un et de le détester tout à la fois.

— Aujourd'hui, il faut que je vive avec mon choix.

Le visage de Max était de marbre. Indéchiffrable.

— Tu n'as rien à te reprocher. Tu m'as demandé de veiller sur lui, et je ne l'ai pas fait.

— Ça t'a bien réussi, finalement. Tu as fichu Charles dehors et tu gagnes des millions sur le dos de mon père.

Max serra les poings.

— Alors, c'est de ça qu'il est question ? Tu veux te venger ?

— Je sais que les logiciels SecurePay et Cybercore sont bâtis sur le même code. Tu l'as partagé et tu as bafoué la clause d'exclusivité figurant dans le contrat de papa. Et je vais le prouver devant un tribunal, Max.

Il s'attendait à de la colère, à des menaces, à une tentative de corruption…

À tout sauf au silence de Max et à sa façon de contempler le plafond, ses pieds nus… Bref, d'éviter de croiser son regard.

Après des années à couvrir son père, à laisser les gens croire ce qu'ils voulaient, à mentir par omission, Aidan reconnut les signes.

Une sueur froide monta dans son dos, et il eut l'impression que le sol se dérobait sous ses pieds.

Pendant des années, il avait accusé Max et Charles d'avoir poussé son père jusqu'à son point de rupture. Et si ça ne s'était pas passé ainsi ?

— Qu'est-ce qu'il a fait ?

Max secoua la tête.

— Ce n'est pas la peine de remuer le couteau dans la plaie, Aidan. Charles va aller en prison. C'est fini.

— Qu'est-ce qu'il a fait ? répéta-t-il.

Max observa son verre un moment.

— Quand tu lui as demandé de te prêter de l'argent pour démarrer ta société, John n'avait pas ce que tu demandais. Il a donc cassé son contrat et vendu le code original à Liam Kearney.

— Non ! Ce n'est pas possible.

— Un jour que ton père était ivre, il m'a dit ce qu'il avait fait. Nous avons essayé de le masquer pour que mon père ne le découvre pas. Et je lui ai dit de t'en parler, que tu comprendrais. Mais il ne voulait pas. Il disait que c'était déjà assez dur pour toi d'avoir perdu ta mère. Il ne voulait pas que tu aies l'impression de l'avoir perdu aussi.

Aidan avait tellement détesté Max pendant toutes ces années que c'était étrange de le croire.

Et pourtant, il savait viscéralement que Max venait de lui dire la vérité.

— C'est après l'accident que j'ai découvert que mon père était au courant, qu'il avait déjà pris sa revanche. Dans le contrat original, ton père avait droit à un pourcentage des profits de SecurePay, tant que le code était réservé exclusivement à Whitfield Industries. Puisque John n'avait pas respecté cette exigence, Charles l'a menacé de le faire envoyer en prison et de te poursuivre également car ton entreprise était bâtie sur de l'argent sale. Mon père l'a poussé au désespoir. C'est pour ça qu'il était ivre la nuit de l'accident.

Aidan était totalement immobile, mais son cœur battait à tout rompre. Son sang résonnait lourdement à ses oreilles, l'empêchant presque d'entendre la suite.

— Tu avais raison de dire que j'ai fait preuve d'égoïsme. Je ne voulais pas perdre la compagnie que mon grand-père avait créée et que mon père était en train de détruire. Mais, crois-moi, ce n'est pas la seule raison pour laquelle je ne l'ai pas dénoncé pour ce qu'il avait fait à ton père.

Max chercha son regard.

— Je ne voulais pas que le nom de John soit traîné dans la boue. Et je ne voulais pas non plus que mon père mette à exécution sa menace de s'en prendre à toi.

Cela ressemblait tellement à Max. De la même façon qu'il avait protégé Kaylee en prenant les coups à sa place, il avait protégé son meilleur ami en acceptant de passer pour un traître.

— Je t'ai détesté pendant des années pour ça.

Max finit son verre.

— Je sais.

— Ce n'était pas ton rôle de me sauver.

— Je l'ai fait pour que tu gardes une bonne image de ton père. Parce qu'au fond c'était un type formidable. Il a fait des erreurs, mais il les a faites pour toi.

— J'aurais préféré te garder comme ami.

Après cet aveu, Aidan ne se sentait pas vraiment mieux. Ils avaient perdu du temps. Ils étaient passés à côté de beaucoup de choses.

— Je ferais mieux d'y aller.

Il déposa son verre vide dans la main que Max lui tendait.

Il ne voulait pas que Kaylee se réveille seule après ce qu'elle avait traversé.

Max ne dit rien. Il se contenta de le suivre jusqu'à la porte.

Aidan posa la main sur la poignée et jeta un coup d'œil par-dessus son épaule.

— Mon histoire avec Kaylee… C'est tout récent. Et je ne sais pas ce qui se passe entre nous. Mais, si tu la fais à nouveau pleurer, je ne m'arrêterai pas après le premier coup.

Max hocha la tête.

— Pareil pour moi.

19

Aidan était en train de faire un réglage sur sa moto lorsqu'il entendit Kaylee se déplacer à l'étage.

Sa discussion avec Max avait occupé son esprit toute la nuit. Ce qui, combiné à sa douleur au visage, avait rendu le sommeil illusoire.

Il était fatigué, de mauvaise humeur, et dégoûté de lui-même.

Qu'est-ce qu'il fabriquait avec Kaylee ? Il n'était pas revenu à Los Angeles pour s'y réinstaller.

Il était rentré pour récupérer le code de son père. Et, maintenant qu'il n'y avait plus pour lui ni vengeance ni droits à réclamer, il ferait mieux de lever le camp.

— Bonjour.

Il garda la tête baissée.

— Salut. Tu te lèves tôt.

— Je dois passer chez moi me changer avant d'aller travailler.

— Tu veux du café ?

— J'en ai déjà pris un, merci. Par contre,

ça m'arrangerait si tu avais un chargeur. La batterie est déjà vide, tu peux le croire ? Ça ne m'étonne pas que Wes me l'ait donné. Ce téléphone ne vaut rien.

— Regarde dans ce meuble.

Aidan se tourna pour désigner une petite commode près de la porte et réalisa aussitôt son erreur.

— Oh mon Dieu, Aidan ! Qu'est-il arrivé à ton visage ?

Kaylee se précipita vers lui, et il jura entre ses dents tandis qu'il se relevait.

— Ce n'est rien, affirma-t-il.

— Tu as un œil au beurre noir. Ce n'est pas rien.

— Un outil m'a échappé pendant que je bricolais sur la moto.

— Ne bouge pas, et laisse-moi regarder.

Elle posa une main sur son visage, et cela lui rappela tellement le moment d'intimité qu'il avait surpris entre Emma et Max qu'il tiqua.

— Ça te fait mal ?

Aidan dut faire un effort pour comprendre qu'elle parlait de son œil.

Il parvint à secouer la tête.

« Je l'aime. » Max avait dit ces mots si naturellement. Sans emphase, mais avec certitude. C'était un simple constat.

— Je pourrais aller te chercher de la glace, proposa-t-elle. Ou alors… je pourrais t'embrasser.

Elle posa sa bouche sur la sienne, d'abord doucement… puis avec beaucoup moins de douceur.

— Ça marche ? demanda-t-elle, avant de déposer un baiser sur sa mâchoire, puis un autre sur l'aile de son nez. Sinon, je possède quelques techniques plus avancées qui pourraient t'aider à oublier ta douleur.

Aidan avait envie de saisir son offre.

Mais il ne le pouvait pas. Pas comme ça. Pas avant qu'il ait mis les choses au clair entre eux.

— Tu dois te préparer et aller travailler, lui rappela-t-il. Tu vas être en retard si nous essayons une de tes techniques.

Il lui adressa un petit clin d'œil.

— Et encore plus si nous essayons une des miennes.

— Mon nom est sur l'immeuble, dit-elle. Qu'est-ce que je risque ? De me faire virer ?

— Raison de plus pour donner l'exemple.

Kaylee soupira et s'écarta de lui.

— C'est chiant d'être adulte.

Et ça l'était tout autant de la regarder s'éloigner, pensa Aidan.

— Laisse-moi ton téléphone. Je vais y jeter un coup d'œil.

Elle leva un sourcil.

— Parce que tu répares aussi les téléphones ?

— Que veux-tu que je te dise ? Je suis doué de mes mains.

Elle sourit.

— Venant de l'homme qui se blesse au visage en laissant échapper un outil, c'est assez drôle.

Aidan prit un air offensé.

— C'est à la fois une insulte à ma virilité et un défi. Quand tu rentreras ce soir, je serai heureux de te montrer ce que je sais faire avec mes mains. Autant de fois que tu voudras.

— Eh bien, dans ce cas…

Elle lui tendit son téléphone.

— Tu devrais faire quelques exercices d'assouplissement pour les doigts, car je suis quelque peu sceptique.

Lorsque Kaylee arriva au travail une heure plus tard, il régnait un calme étrange dans les couloirs du département communication, au point qu'elle entendait ses talons cliqueter sur le sol en marbre. Chose plus étrange encore, tout le monde lui lançait des coups d'œil furtifs.

Elle comprit ce qui se passait quand elle arriva à son bureau.

Il n'y avait rien comme la visite surprise du P-DG pour mettre tout le monde sur les nerfs.

— Max ? Je pensais que nous n'avions pas rendez-vous avant…

Elle ne termina pas sa phrase, alors qu'il s'arrachait à la contemplation d'un des tableaux au mur pour se tourner vers elle.

Il était habillé aussi impeccablement que d'habitude. Son nœud de cravate à la Windsor était parfaitement réalisé. Même la façon dont sa mèche de cheveux retombait sur son front était parfaite.

Ce qui rendait encore plus choquant la boursouflure de sa lèvre inférieure.

Cette découverte lui fit l'effet d'un seau d'eau glacée en plein visage.

Non. Aidan ne pouvait pas être allé le voir. Ils se détestaient.

Et elle avait été claire avec lui : elle ne voulait pas que sa famille soit au courant de leur relation.

— Que s'est-il passé ?

Mais elle savait.

Max haussa les épaules.

— Aidan est passé me voir.

— Il t'a frappé ?

— J'ai frappé le premier.

Il soupira, ce qui ne lui ressemblait pas du tout.

— Qu'est-ce que tu fais avec lui, Kaylee ?

Voilà. C'est pour ça qu'elle ne voulait pas

parler d'Aidan à sa famille. L'inquisition. La censure. La justification.

— Ne joue pas les grands frères protecteurs, Max. Je suis désolée pour ce que papa t'a fait. Vraiment. Et j'aurais aimé que tu m'en parles plus tôt. Mais la manière dont je gère ma vie me regarde.

— Je veux simplement éviter que tu souffres. Tu sais qu'Aidan est revanchard. Et il est venu ici pour détruire SecurePay.

— Il t'a dit ça ?

Ce n'était pas étonnant qu'ils en soient venus aux coups. Cette fichue application était la chose la plus importante aux yeux de Max. Et Aidan y avait accès parce qu'elle lui avait laissé son téléphone.

Elle pivota sur ses talons et ouvrit la porte de son bureau.

— Qu'est-ce que tu fais ?

— Je prends ma pause déjeuner.

Elle allait réparer son erreur. Prendre sa vie en charge.

Et peut-être faire un autre œil au beurre noir à Aidan. Pour la symétrie.

— Il est 9 heures du matin.

— On n'a qu'à dire que c'est un brunch alors.

20

Dès que le téléphone fut suffisamment chargé, Aidan ouvrit l'application pirate fournie par Cybercore.

C'était fini.

Il allait mettre un terme à tout ça dès maintenant.

Il ne voulait plus de secrets entre Kaylee et lui.

Il voulait un nouveau départ. Une chance de voir si ce qu'il ressentait pouvait durer. Ou si c'était destiné à l'échec, à cause des mensonges et des trahisons qui avaient entaché leur relation avant même qu'elle ait commencé.

Il n'y avait qu'une seule façon de le découvrir.

Il appuya sur le bouton de désinstallation.

La désinstallation a échoué.

C'était quoi, ce délire ?

Kearney lui avait assuré que c'était un jeu d'enfant, qu'il n'avait rien d'autre à faire.

Il appuya à nouveau.

La désinstallation a échoué.

Il essaya encore.

La désinstallation a échoué.

Merde. Merde. Merde.

Il appela Liam Kearney.

— Tu as dit que ce truc allait s'autodétruire.

— Tu n'as peut-être pas fait ce qu'il fallait. Ma technologie est trop compliquée pour beaucoup de gens.

Aidan crispa les doigts autour de son téléphone.

— Je suis quand même capable d'appuyer sur un bouton, espèce de connard. J'aurais dû tester ton application de merde avant de la payer.

— À ta place, Beckett, j'essaierais de rester poli. C'est toi qui es venu me supplier pour que je te rende service.

— Je ne t'ai jamais supplié. Et, à partir du moment où je paye, j'ai le droit d'avoir quelque chose qui fonctionne. Si mon père était poli dans ses échanges avec toi, c'est parce qu'il ignorait à quel point tu es incompétent.

Aidan n'avait pas l'intention de s'engager dans cette voie, mais il avait besoin de savoir, de confirmer ce que Max lui avait dit.

— Oh ! je vois. On a des problèmes avec son papa. Eh bien, écoute. Vu que ton père était un gentleman, et un vrai génie, je vais essayer de réparer tes conneries.

Aidan se leva et se mit à faire les cent pas dans la pièce.

Il se sentait comme un fauve en cage. Dangereux et taraudé par l'envie d'ouvrir la gorge de quelqu'un avec un coup de patte, mais n'ayant aucune chance d'atteindre sa proie.

Kearney le savait et il s'amusait à le provoquer.

— Ne prononce même pas son nom, tu m'entends ? lança-t-il. Et, maintenant, dis-moi comment tu penses régler mon problème.

— Je vais prendre la main à distance, après ma réunion.

— Tu vas le faire immédiatement. Pas après ta fichue réunion. Je veux que tu retires ce putain de *malware* que tu m'as vendu du téléphone de Kaylee. Tout. De. Suite.

Fou de rage, le sang battant violemment dans ses veines, il raccrocha.

Mais, en dépit de la clameur dans sa tête, un léger bruit venant de derrière lui fit l'effet d'une douche glacée.

Le temps ralentit tandis qu'il se retournait.

Le sentiment de trahison qu'il lut sur le visage de Kaylee le dévasta.

Le sac de Kaylee lui glissa des mains et tomba au sol avec un bruit mat.

L'instant d'avant, elle se précipitait à la maison

– ou plutôt chez Aidan, se corrigea-t-elle – pour lui reprocher de lui avoir menti sur l'origine de son œil au beurre noir. Et, à la minute suivante, tout son monde s'effondrait.

— Tu m'espionnais ?

— Pas du tout ! Ce n'est pas toi que j'espionnais. J'espionnais à travers toi.

— Quoi ?

Elle secoua la tête, ne comprenant rien à ses explications.

Puis les pièces du puzzle commencèrent à s'assembler.

— C'est pour cela que tu voulais mon téléphone. Parce que tu… Oh non, ce n'est pas possible. Tu as piraté mon téléphone ? Quand ?

Aidan baissa la tête.

— Le soir où nous avons pris un verre.

La première nuit. La toute première nuit. Il ne l'avait jamais désirée.

— Tu sais ce que j'ai pensé quand je me suis retournée et que je t'ai vu dans ce *coffee-shop* ?

Elle eut un rire amer qui ressemblait à un sanglot.

— J'ai pensé que c'était le destin.

Pendant tout ce temps, elle n'avait été qu'un pion. Un moyen pour parvenir à ses fins.

Et elle était tombée dans son piège. Elle l'avait même devancé.

Elle secoua la tête.

— Tu t'es servi de moi pour avoir des informations. Rien de ce que nous avons vécu n'était réel.

— Tu te trompes.

Il essaya de lui prendre la main, mais elle le repoussa.

— Être avec toi est la chose la plus réelle qui me soit jamais arrivée.

— Tu mens !

— Ne dis pas ça.

— Que faisais-tu au club, cette nuit-là ?

— Je te cherchais.

En d'autres circonstances, ces mots l'auraient fait chavirer. Mais plus maintenant.

— Pourquoi ?

— Mon détective avait repéré ta voiture à proximité.

— Donc, tu avais tout manigancé dès le début. L'idée ne t'est pas venue en tombant sur moi par hasard au *coffee-shop*. Tu m'as recrutée. Tu t'es servi de moi dès le premier jour.

Les yeux d'Aidan lancèrent des éclairs.

— Tu en connais un rayon dans ce domaine, non ?

Les mots claquèrent dans la pièce avec la férocité d'un fouet.

— Qu'est-ce que ça veut dire ?

— Tu savais qui j'étais cette nuit-là, dans la réserve. Je n'étais qu'une ligne de plus sur la liste de tes secrets inavouables. Tu cherchais à atteindre qui à travers moi ? Max ? Ta mère ? Ou alors, tu voulais te venger parce que je n'étais pas attiré par toi quand nous étions plus jeunes ? Peut-être un peu tout à la fois ?

La charge était brutale et la toucha en plein cœur, avec une précision dévastatrice.

Cela semblait si moche quand il le disait ainsi. Mais avait-il tort ?

Ne l'avait-elle pas pensé cette nuit-là, quand leurs regards s'étaient croisés ? Quand son rêve s'était réalisé dans la réserve ? Quand elle avait accepté son invitation à prendre un verre ?

— Tu veux qu'on se dise toute la vérité ? Alors, réponds à cette question. Es-tu avec moi pour moi ou parce que ça déplairait à ta famille ?

Kaylee n'avait pas envie d'y penser.

De toute façon, ça n'avait plus d'importance. Il s'était servi d'elle, et elle avait cru que c'était vrai, spécial… Un cadeau du destin.

Elle redressa le menton.

— Tu n'es pas en position de me faire la morale, Aidan. Tu ne restes jamais assez longtemps pour affronter les difficultés d'une relation. Dès que ça devient un peu compliqué, tu prétends que l'envie de voyager te taraude et tu disparais pour vivre une nouvelle aventure dans un pays lointain.

Elle avait fait mouche.

Il lui suffisait de voir comment Aidan serrait les poings, ce qui était sa façon de réagir aux attaques, qu'elles soient physiques ou verbales.

— Tu sais quoi, tu as raison.

Il attrapa son blouson de cuir sur le dossier d'une chaise.

— Il est plus que temps que je m'en aille d'ici.

Kaylee le regarda partir, sursautant quand il claqua la porte.

C'était une preuve de plus qu'Aidan n'avait que deux cordes à son arc : la bataille ou la fuite.

Le vrombissement de sa moto lui confirma l'option qu'il avait choisie.

Atterrée, elle eut soudain l'impression d'être seule au monde.

Et, tandis que des larmes lui montaient aux yeux, brouillant sa vision, une souffrance cruelle, lancinante, la submergea.

21

Quel mal de tête !

Kaylee se retourna dans son lit, l'esprit embrumé.

Elle essaya d'ouvrir les yeux, mais elle avait l'impression d'avoir du gravier sous les paupières.

Elle enfouit son visage dans l'oreiller, mais la douleur accablante persista.

Ses tempes battaient avec une régularité mécanique. Des piaillements d'oiseaux filtraient par la fenêtre entrebâillée, et elle avait l'impression que leurs becs lui martelaient la tête.

À tâtons, elle attrapa son téléphone, et cilla pour essayer de déchiffrer l'heure.

Merde ! Il était presque 8 heures !

Son alarme aurait dû se déclencher une heure et demie plus tôt.

Elle tira sur le téléphone avec une telle force que le câble de chargement se décrocha du mur.

Après avoir fait glisser son doigt sur l'écran à trois reprises, elle comprit que ce stupide truc était bloqué.

Pas étonnant que l'alarme ne se soit pas déclenchée.

Elle le redémarra et l'abandonna sur la couette tandis qu'elle se levait.

Si elle faisait l'impasse sur la douche et le petit déjeuner, elle pourrait probablement être au bureau d'ici…

Ses projets furent interrompus par une cacophonie de vibrations et de sonneries, tandis qu'un flot de notifications, de textos et d'appels manqués envahissait le téléphone.

Bon sang, que se passait-il ?

Elle retourna vers le lit pour comprendre.

Ce qu'elle vit sur l'écran l'horrifia.

Une litanie de mots qu'elle espérait ne jamais voir s'entremêlait.

Kaylee.
Lola.
Cabaret.
Whitfield Industries.
Scandale.
Strip-teaseuse.

Le téléphone glissa de ses doigts.

Tout le monde savait.

Ses parents. Max. Les gens qui travaillaient pour elle. Tout Los Angeles. Le monde entier.

Mais ce n'était pas la honte que lui inspirait ce constat.

C'était la trahison.

Parce que danser sous le pseudo de Lola était la seule chose dans sa vie qui lui appartenait vraiment.

La seule chose qu'elle n'avait partagée avec personne… Sauf Aidan.

Son cœur saignait à l'idée qu'il puisse être aussi cruel.

Sa conscience lui dicta de grandir un peu.

Il avait piégé son téléphone dans le but de nuire à Max, de ruiner sa famille. C'était extrêmement naïf de croire qu'il était incapable de ça.

Ces derniers temps, Whitfield Industries avait traversé une crise majeure.

D'abord, une faille de sécurité avait soulevé des questions sur la fiabilité de leur nouveau produit, une application justement destinée à assurer la sécurité des données.

Puis son ancien P-DG avait été dénoncé au FBI par son fils pour avoir fait chanter un élément clé de l'équipe de SecurePay.

Bon an mal an, Kaylee et son équipe avaient réussi à gérer la crise. Mais qu'allait-il se passer maintenant qu'elle était au cœur du nouveau scandale ?

Elle savait que beaucoup de gens seraient choqués. Si sa crédibilité était remise en cause, elle ne pourrait plus faire son travail.

Avec un soupir résigné, elle résista à l'envie

de retourner se coucher, en rabattant la couette au-dessus de sa tête, et prit son téléphone.

Entre les bips et les sonneries, elle parvint à rédiger un texto à l'intention de son assistante.

Organisez une conférence de presse pour 10 heures.

Puis elle se dirigea vers sa penderie pour y choisir l'armure adaptée à la bataille qu'elle allait livrer.

Aidan ne savait pas à quoi s'attendre après le drame qui s'était opéré la nuit dernière.

Pourtant, s'il s'était imaginé que le fait de voir sa carrière de danseuse étalée sur les réseaux sociaux et dans la presse locale allait intimider Kaylee, alors il s'était complètement trompé.

Elle s'avançait vers l'entrée de l'immeuble, offrant l'image d'une directrice de la communication compétente.

Avec son tailleur-pantalon gris anthracite, ses hauts talons et ses cheveux noirs noués en un élégant chignon, elle ne ressemblait en rien à son alter ego, la blonde incendiaire qui avait causé tout ce trouble.

Et, s'il avait adoré la regarder danser, Aidan préférait cette Kaylee. Son assurance, sa détermination, son envie d'en découdre…

Il n'y avait pas de secret, pas de mise en scène.

Juste elle.

Un instant, sa démarche se fit hésitante quand elle aperçut sa moto, garée à proximité du perron. Puis elle se remit à avancer, et leurs regards se croisèrent.

Aidan sentit quelque chose se réveiller dans son corps, comme si elle l'avait touché.

Mais, au lieu de venir vers lui, elle continua vers l'entrée, l'ignorant complètement.

Il lui emboîta le pas, et elle pressa l'allure, franchissant les portes coulissantes sans s'arrêter.

Il la suivit donc dans le hall.

— Je ne partirai pas avant que tu m'aies écouté.

Elle secoua la tête et continua à marcher.

— Il n'y a rien à ajouter à ce qui a déjà été dit.

— Je n'ai pas fait ça, KJ.

Elle se tourna vers lui, les yeux étincelants de rage.

— Mais bien sûr ! Tu étais le seul à connaître mon identité secrète.

— Madame Whitfield ? Tout va bien ?

Aidan redressa les épaules. Ce n'était pas un vigile qui allait l'impressionner.

Kaylee hocha la tête et renvoya d'un geste de la main l'homme qui s'approchait.

— Tout va bien, Roy.

Le vigile lança un regard suspicieux à Aidan

et regagna son poste derrière un petit bureau à gauche de l'entrée.

— C'est ce que j'essaie de te dire. Je ne suis sans doute pas le seul à être au courant pour Lola.

Il leva la main, voyant qu'elle n'avait pas l'intention de le laisser continuer.

— Les grésillements, les coupures, la batterie qui se vide à une vitesse record… Je suis sûr que c'est un coup de Liam Kearney. Montre-moi ton téléphone.

— Après ce qui s'est passé la dernière fois ? Pas question.

Il admirait sa force de caractère, sa détermination… D'ailleurs c'était lui qui l'avait poussée à prendre de l'assurance, mais son entêtement commençait à l'agacer.

— Donne-le-moi. Je crois qu'il a été piraté.

Elle le regarda d'un air ironique.

— Non, sans blague ?

Elle reprit sa marche vers une rangée d'ascenseurs, et il n'eut pas d'autre choix que de la suivre.

— Si tu me laissais t'expliquer…

— Expliquer quoi ? Une conspiration géante ? Ou bien tu as un jumeau maléfique qui agit dans ton dos ?

— Hé !

Il tendit le bras, mais ses doigts ne rencontrèrent que le vide tant elle fut rapide à s'écarter.

— Comment as-tu pu me faire ça ? demanda-t-elle d'un ton blessé qui lui serra le cœur.

— Tu penses vraiment que j'ai fait fuiter l'information ? Je croyais que tu me connaissais mieux que ça.

Un instant, elle donna l'impression qu'elle avait envie de le croire. Mais l'ascenseur sonna et les portes s'ouvrirent.

Il la suivit dans la cabine, espérant avoir un peu de temps supplémentaire pour essayer de la convaincre, mais ils furent rejoints par trois femmes et deux hommes.

Aidan soupira. Malgré la discussion qui allait bon train entre les autres occupants, le silence entre Kaylee et lui était oppressant.

En outre, il n'aimait pas être à côté d'elle sans pouvoir la toucher.

Il ne le méritait sans doute pas. Et elle ne l'aurait pas laissé faire même s'ils avaient été seuls.

Il avait vraiment tout gâché.

S'ils n'avaient pas été accompagnés, il aurait au moins pu essayer d'arranger les choses.

Deux femmes sortirent au sixième étage, l'autre au quatorzième. Les deux types, apparemment, allaient leur coller aux basques jusqu'au bout.

Ils chuchotaient entre eux, les épaules secouées

par des rires étouffés tandis qu'ils glissaient des regards en douce vers Kaylee.

Aidan savait que ce n'était pas son imagination. Il voyait Kaylee se rapetisser à côté de lui. La tête baissée, les épaules recroquevillées, comme si elle essayait de se rendre invisible.

Lorsqu'ils arrivèrent au dernier étage, les nerfs d'Aidan étaient tendus à craquer.

Si le type devant lui l'avait su, il n'aurait peut-être pas élevé la voix au moment où les portes s'ouvrirent.

Il entendit nettement les mots « c'est de famille », avant que les deux hommes ne se mettent à ricaner.

Aidan vit rouge et le rattrapa.

— On a un problème, là ?

Le type se retourna et le toisa d'un air narquois.

— Non. Aucun problème.

— Tu es sûr ? J'ai pourtant eu l'impression que tu avais quelque chose à dire.

La tension de l'échange commença à attirer l'attention des employés qui se trouvaient à proximité.

— Tu fais quoi là, vieux ? demanda le type. Tu cherches à l'impressionner ?

La main de Kaylee sur son bras retint Aidan de le frapper. Tous les muscles de son corps étaient douloureusement tendus, attendant de passer à l'action.

— D'après ce qui se dit, tu n'as pas eu trop de mal à la convaincre d'enlever ses fringues. Son père avait déjà un faible pour les strip-teaseuses et les prostituées. Ça doit être dans les gênes.

La tête du type partit en arrière, tandis que son sang coulait sur sa cravate en soie de créateur. Et la satisfaction d'Aidan était telle qu'il lui fallut une seconde pour comprendre que ce n'était pas lui qui avait porté le coup.

Kaylee se tenait le poing avec son autre main en grimaçant légèrement, et Aidan ressentit une immense fierté.

— Pauvre conne !

Le type s'avança, menaçant.

Aidan s'interposa entre lui et Kaylee.

— À ta place, j'éviterais, dit-il, d'une voix calme et douce qui n'en était que plus inquiétante.

— Laisse tomber, Jones, dit son acolyte.

Il le prit par le bras et l'entraîna à l'écart, laissant Aidan quelque peu déçu de ne pas pouvoir lui régler son compte.

Des gouttes de sang parsemaient le sol, comme une peinture à la Jackson Pollock.

— Que se passe-t-il ici ?

La voix de Max apporta un soudain changement d'atmosphère, et les spectateurs rassemblés, se rappelant soudain qu'ils avaient quelque chose à faire, disparurent dans leurs bureaux.

— Cette garce m'a frappé !

La colère défigura Max.

— Qu'est-ce que vous venez de dire ?

— Écoutez, Max... Euh, monsieur Whitfield.

— Un agent de sécurité va vous accompagner à votre bureau, Jones. Vous avez un quart d'heure pour faire vos cartons.

Max jeta un regard derrière lui, mais son assistante avait déjà le téléphone à l'oreille.

— Monsieur, je ne voulais pas...

Sagement, Jones fit un pas en arrière sous le regard glacial de Max.

— Vous n'êtes pas sérieux. Vous n'allez pas me renvoyer, dit-il, d'un ton geignard.

— Je viens juste de le faire. Si ça ne vous plaît pas, voyez ça avec mon avocat.

Jones ravala ce qu'il s'apprêtait à dire et fila sans demander son reste.

Max attendit qu'il soit hors de vue avant de s'exprimer de ce ton froid et cassant qu'Aidan lui avait toujours connu, même quand ils étaient adolescents.

— Vous deux, dans mon bureau.

Kaylee se mordait la lèvre inférieure, comme si elle se retenait de pleurer.

— Ça va ?

Sans réfléchir, Aidan posa la main dans le creux de son dos, comme il avait l'habitude de le faire pour la réconforter.

À son grand soulagement, elle ne le repoussa pas.

— Je l'ai frappé.

Elle avait les yeux écarquillés, comme si elle n'y croyait pas tout à fait.

— Oui, tu l'as fait. C'était digne d'un poids mouche.

Kaylee baissa les yeux vers sa main, avant de les poser à nouveau sur lui.

— Je ne pensais pas que ça faisait aussi mal.

Lui non plus. Jamais il n'avait autant souffert. Mais il ne s'agissait pas de douleur physique.

Il soupira, tandis qu'ils entraient dans le bureau de Max.

— Allez, viens championne, dit ce dernier. On va te trouver de la glace.

22

— Qui commence ?

Kaylee se laissa tomber dans un des fauteuils qui faisaient face au bureau de Max, mais Aidan resta en retrait, attendant que l'assistante de Max apporte la glace qu'il lui avait demandée.

— Martin Jones m'a traitée de prostituée, et je l'ai frappé.

Max se rembrunit, mais il n'eut pas le temps de faire un commentaire. Sherri venait de passer la tête dans l'embrasure de la porte. Aidan se tourna vers elle pour prendre la compresse issue de la trousse de premiers soins qu'elle apportait.

— Où as-tu appris à frapper comme ça ? demanda Max.

En réponse à la question de son frère, Kaylee croisa le regard d'Aidan, tandis qu'il se penchait sur sa main blessée.

Elle lui en voulait encore, et il n'en attendait pas moins. Mais il vit comme une petite victoire le fait qu'elle se laisse soigner sans le repousser.

Il en profita même pour la toucher un peu plus longtemps que nécessaire.

— Peu importe, finit par dire Max.

— Tu ne dirais pas ça si tu l'avais vu faire, protesta Aidan. Elle lui a sûrement cassé le nez.

Il se redressa et se tourna vers Max.

— Elle pourrait peut-être te donner des cours.

Son humeur moqueuse s'envola quand son regard se posa sur une statuette familière. Son père l'avait offerte à Max, et la voir dans son bureau le surprenait.

Il la souleva et la regarda de plus près.

Non seulement Max l'avait conservée, mais il l'exposait au premier plan.

Il la reposa à sa place.

— Chouette bureau, dit-il. La rumeur dit vrai. C'est sympa d'être le roi du monde.

Max ouvrit la bouche pour répliquer, mais il fut interrompu par l'arrivée en trombe d'une femme grande et mince, à l'allure revêche.

— Vous pouvez m'expliquer pourquoi je viens d'être appelée par l'avocat de Martin Jones, à propos d'un licenciement abusif et d'une agression ?

Remarquant Aidan, elle s'interrompit.

— Désolée pour l'intrusion. Vivienne Grant, directrice du service juridique.

— Aidan Beckett. Témoin innocent. L'agresseur est là-bas, en train de mettre de la glace sur ses articulations. Et le licenciement abusif a été prononcé par ce type.

Le léger sourire de Max ne lui échappa pas.

Bon sang, ça faisait du bien. Ils faisaient à nouveau équipe face aux problèmes.

Puis Max retrouva son masque de froideur, et Aidan reconnut le danger dans son regard, cette petite étincelle qui s'allumait à chaque fois qu'il se préparait pour la bataille.

— Dites à l'avocat de Jones de la mettre en sourdine. Nous verrons ça avec lui demain. Pour le moment, nous avons des choses plus importantes à régler.

Vivienne haussa un sourcil parfaitement dessiné.

— Je ne voudrais pas me montrer indélicate, mais êtes-vous sûr que Kaylee soit la personne idéale pour gérer cette crise ?

La même étincelle vibrait dans le regard de Kaylee quand elle se leva et toisa la directrice du service juridique.

Elle était absolument superbe.

— Mettez-vous en doute mes compétences ?

Aidan eut l'impression que Vivienne était elle aussi un peu impressionnée par Kaylee.

— Pas le moins du monde. Je suggérais simplement qu'un peu de distance serait peut-être préférable dans le cas présent.

— Kaylee peut gérer ça ! décréta Max. Merci, Vivienne.

L'ajournement était clair, et Vivienne le reconnut par un bref hochement de tête.

— Je m'occupe de Jones.

— Et vous ferez des miracles, comme toujours, dit Max, d'un ton radouci.

Aidan croisa les bras, surpris.

Apparemment, Emma avait beaucoup plus d'influence sur Max qu'il ne l'avait réalisé la nuit dernière.

— Bien, reprit Max, quand ils furent à nouveau entre eux. Où en étions-nous ?

Kaylee lança à Aidan un regard dédaigneux.

— Avant cette petite altercation matinale, Aidan me disait qu'il avait piégé mon téléphone, mais qu'il n'était pas responsable de la fuite dans la presse.

Oh ! elle était d'humeur guerrière ? Eh bien, il était prêt à riposter.

— J'ai dit que je pensais que quelqu'un d'autre avait piraté ton téléphone. D'ailleurs, on nous écoute peut-être en ce moment. Donne-le-moi.

— Non.

— Bon sang, Kaylee, donne-lui ton fichu téléphone.

Aidan n'apprécia pas que l'ordre de Max ait

plus de poids que sa requête, mais sans doute le méritait-il.

Elle plongea sa main valide dans sa poche et lui tendit l'appareil.

Aidan l'ouvrit et sortit la batterie, puis il déposa le tout sur le bureau de Max.

— Le programme que j'ai téléchargé ne voulait pas se désinstaller proprement. Donc, il doit toujours être dedans. Au cas où Cybercore l'aurait retiré à distance…

Aidan sortit de sa poche le téléphone que Kearney lui avait donné et le donna à Max.

— C'est avec ça que j'ai déployé le *malware*.

Max prit le téléphone avec un air suspicieux.

— À quoi est due cette soudaine démonstration de transparence et de bonne volonté ?

— Je ne le fais pas pour toi.

— Il essaie de sauver ses fesses, marmonna Kaylee.

Aidan essayait de sauver beaucoup plus que ça.

— Il a sûrement peur que tu entames une action en justice contre lui pour espionnage industriel avant qu'il ait eu le temps de nous détruire de l'intérieur.

L'amertume de Kaylee fit mal à Aidan, mais il en était responsable.

— Ce n'est pas pour cette raison que je suis ici, protesta-t-il. C'est fini, tout ça.

Il était revenu pour se venger, pour le code, pour avoir des réponses... Il espérait remporter une victoire...

Au lieu de quoi, il était complètement brisé.

— Va-t'en, Aidan. Whitfield Industries est moribonde. Tu as eu ce que tu voulais.

Les paroles de Kaylee étaient dures, mais son regard trahissait la douleur et la confusion qu'il lui avait infligées.

— Tu te trompes. Je n'ai pas eu ce que je voulais.

Elle eut un rire amer.

— Et on peut savoir ce que tu veux ?

— Toi.

Elle écarquilla les yeux.

— Je t'aime, KJ.

Il n'avait jamais dit ces mots à une femme, et il ne pensait pas les dire un jour.

Surtout dans un bureau, et devant témoin.

Mais, si la boxe lui avait appris quelque chose, c'était qu'il fallait parfois improviser, et rebondir sur un geste inattendu de son adversaire.

Le fauteuil de Max craqua dans le silence, et Aidan lui accorda un bref regard.

— Je devrais peut-être vous laisser...

Aidan refusa la proposition.

— Non. Reste. J'en ai assez des secrets.

Il attendit que Kaylee le regarde, avant de poursuivre.

— Je reconnais que j'ai voulu me venger de Max pour de mauvaises raisons, et je le regretterai toute ma vie. Mais je te jure que je n'ai pas parlé de tes activités clandestines à la presse.

Aidan se mit à déambuler devant le bureau de Max – trois pas d'un côté, trois pas de l'autre, en une futile tentative pour éliminer son excès d'adrénaline.

— J'ai passé beaucoup de temps à courir le monde, à essayer de fuir les situations conflictuelles, à ne pas prendre de décisions… J'ai toujours pensé que j'étais fait comme ça. Mais je comprends aujourd'hui que je n'avais jamais eu un foyer où je voulais m'enraciner.

Il s'arrêta devant Kaylee.

— Jusqu'à ce que je te rencontre. Avec toi, j'ai enfin trouvé mon port d'attache. Et je vais te le prouver, KJ. En restant à côté de toi, et en laissant mes actions parler pour moi.

Elle était bouche bée, et il ne parvenait pas à déchiffrer ses pensées. Mais ses doigts étaient crispés sur l'accoudoir de son fauteuil, ce qui signifiait peut-être qu'elle n'était pas insensible à sa déclaration…

— Tu peux m'en vouloir aussi longtemps que tu veux, mais je ne m'en irai pas. Quand tu seras prête, viens me retrouver, d'accord ? Je serai à la maison.

Après un signe de tête à Max, et un dernier regard appuyé à Kaylee, Aidan se dirigea vers la porte d'un pas décidé, l'ouvrit, et disparut dans le couloir.

23

Kaylee laissa échapper un long soupir tremblant.

Aidan l'aimait.

Ce n'était pas…

Elle ne pouvait pas…

Il n'avait pas dit…

Une série de bips la tira des pensées inachevées qui tournaient en boucle dans sa tête, et elle regarda Max sortir d'un tiroir de son bureau un téléphone noir extra-plat.

Ce n'était pas celui dont il se servait au quotidien, un modèle argenté qu'elle voyait dépasser de la poche de poitrine de sa veste de costume.

Elle se leva et fit le tour de son bureau pour mieux voir.

— Tu fais quoi ? Tu envoies un bat-signal ?

— En quelque sorte.

Max composa un numéro et, après quelques sonneries, le visage d'une femme à la peau cuivrée et aux cheveux noirs bouclés apparut.

— Salut, boss. Qu'est-ce que je peux faire pour toi ?

— Je voudrais que tu analyses un logiciel espion.

Kaylee eut la vague impression d'un mur de briques derrière elle, similaire à celui d'Aidan, avant qu'AJ se penche et que son visage emplisse tout l'écran.

— Euh…, dit-elle, d'un ton de conspirateur, tu sais que tu n'es pas seul ? Je peux parler devant ta sœur ?

Max regarda par-dessus son épaule, et Kaylee se tourna pour qu'il n'ait pas à se donner la peine de lui demander de sortir.

Elle sursauta lorsque les doigts de Max se refermèrent autour de son poignet pour l'obliger à s'immobiliser.

Elle abaissa les yeux vers le point de contact, puis chercha le regard de Max.

— Tu peux parler librement devant elle. Kaylee et moi sommes en train d'essayer quelque chose de nouveau.

— C'est-à-dire ?

La question venait de la femme au téléphone, mais elle aurait tout aussi bien pu être posée par Kaylee.

— L'honnêteté.

AJ fronça le nez et se cala contre son dossier.

— C'est devenu une denrée rare à notre époque,

mais si tu y crois encore… Bon, je suppose que si tu m'as appelée, au lieu de t'adresser à tes gars de Soteria, c'est que tu penses que c'est lié au piratage de l'ordinateur d'Emma.

Max hocha la tête.

— Une source de confiance m'a dit qu'un des programmes sur ce téléphone provenait de Cybercore. Mais il montre des signes de dysfonctionnement que son P-DG ne veut pas reconnaître.

— Tu crois que Kearney aurait piégé ta source ?

— Ça m'a traversé l'esprit.

— Comment se manifeste le problème ?

— Écran bloqué, appels inaudibles, fermeture intempestive des applications…

— Et la batterie ne tient pas la charge, ajouta Kaylee.

AJ hocha la tête.

— Où avez-vous eu ce téléphone ?

— C'est Wes Brennan qui me l'a donné parce que j'avais cassé le mien. Il a dit qu'il n'en avait pas besoin.

— Et les problèmes ont commencé combien de temps après ?

Kaylee se mordilla la lèvre, pensive.

— Le lendemain, je crois.

— Bon, ça m'intrigue cette histoire. J'ai hâte de me mettre dessus. On va coincer la taupe, boss. Et, je ne serais pas surprise que Liam Kearney soit lié à tout ça.

— Je dépose le téléphone à l'endroit habituel ? demanda Max.

— Oui. Donne-moi quarante-huit heures, et tu me supplieras d'accepter le bonus ridiculement généreux que je mérite.

Et sur ces mots, ponctués d'un grand éclat de rire, AJ raccrocha.

Kaylee jeta un coup d'œil à Max.

Qui aurait cru que le roi du stoïcisme avait de telles surprises en réserve ?

— Tu m'expliques ?

Il soupira.

— Qu'est-ce que tu fiches encore ici, Kale ?

Elle n'apprécia pas la question.

Ni le sous-entendu qu'elle contenait.

Ni l'inquiétude dans les yeux de son frère.

— Comment ça, qu'est-ce que je fiche encore ici ? Nous avons une conférence de presse dans une heure, et nous devrions…

— J'ai mal réagi le jour où tu m'as donné ta démission, mais je venais de perdre Emma.

Interrompue dans sa protestation, Kaylee resta bouche bée.

— Je l'aime, Kale. Je pensais que je ne la reverrais jamais. Et je ne le supportais pas. Alors je suis parti, et je t'ai laissée te débrouiller avec tous les problèmes.

Il soupira.

— Je suis vraiment désolé.

Kaylee écarquilla les yeux sous l'effet de la surprise.

Son robot de frère était amoureux ? Et de la femme qui avait presque ruiné SecurePay, le projet auquel Max s'était consacré pendant cinq ans ?

— Mais, reprit-il, je ne l'aurais pas fait si tu n'avais pas été aussi incroyablement douée.

Kaylee eut l'impression que son cœur s'arrêtait de battre en entendant ce compliment, qu'elle attendait depuis le jour où elle avait commencé à travailler avec son frère.

— Je sais bien que tu m'as dit qu'il était trop tard pour jouer les grands frères protecteurs, mais je peux encore jouer la carte du « patron ». Et donc, je t'ordonne de prendre ta journée.

— Mais la conférence de presse ?

— Je m'en occupe.

— Qu'est-ce que tu vas dire ? Nous n'avons même pas élaboré de discours, convenu des éléments de langage…

— Non seulement Kaylee Whitfield est une adulte, capable de prendre ses propres décisions, mais elle n'a rien fait dont elle puisse avoir honte. Sa vie personnelle ne nous concerne pas tant qu'elle n'affecte pas ses compétences professionnelles. Whitfield Industries soutient sa directrice de la communication. Et, plus important, je soutiens ma sœur.

Des larmes montèrent aux yeux de Kaylee en entendant les paroles de son frère.

Max posa les mains sur ses épaules, et ce contact inhabituel la fit sursauter.

— Est-ce que tu l'aimes ?

Oui.

Son cœur avait répondu avant que son cerveau ne réagisse, et ce constat la bouleversa jusqu'au plus profond d'elle-même.

— Si fort que j'ai parfois du mal à respirer.

Max laissa retomber ses mains et désigna la porte du menton.

— Alors, va le retrouver.

24

Le dieu des ascenseurs était dans un bon jour et avait manifestement décidé de lui accorder une faveur.

Au lieu d'un million d'arrêts au cours de sa descente vers le hall, il n'y en eut qu'un seul.

Kaylee maudit en silence les filles qui riaient hystériquement en s'engouffrant dans la cabine au sixième étage, alors qu'elle appuyait sur le bouton de fermeture des portes pour les refouler avec la frénésie d'un pivert frappant un tronc.

Avec un peu de chance, Aidan n'aurait pas pris trop d'avance.

Elle bondit dans le hall avant même que les portes ne se soient complètement ouvertes et balaya du regard la foule des anonymes en costume.

Le soulagement, et peut-être un peu de crainte, l'envahit quand elle repéra Aidan près du poste de sécurité, où Roy lui cherchait visiblement des noises.

Elle soupçonna que Max avait quelque chose

à voir avec cette tactique d'obstruction, et elle se promit de le remercier plus tard.

— Aidan !

Son cri se répercuta à travers le hall, et toutes les têtes se tournèrent vers elle. Soit par curiosité soit parce qu'on avait reconnu l'héroïne du dernier scandale qui défrayait la chronique.

Elle s'en moquait.

Pour le moment, la seule chose qui l'intéressait, c'était de reconquérir le sublime et agaçant *bad boy* avec des cheveux blonds et un blouson de cuir qui s'était retourné à l'appel de son nom.

Kaylee enfonça les ongles dans ses paumes, tandis qu'elle restait là, figée, attendant de voir ce qu'il allait faire.

Puis elle comprit que seul un éléphant attendrait.

Et elle était un putain de papillon.

Son pouls résonnait furieusement à ses oreilles, un peu comme le son du punching-ball chez Sal, mais elle l'ignora et marcha tout droit vers Aidan.

Il était toujours l'homme le plus sexy qu'elle ait jamais vu : l'arrogance de sa posture, la lueur ironique dans ses yeux… Ça la faisait complètement craquer.

— Qu'est-ce que tu fais là ? fit-il, étonné. Tu n'as pas une conférence de presse ?

Il se tut quand elle agrippa son T-shirt et l'attira à elle.

Il n'y eut rien de tendre dans la façon dont elle l'embrassa, dévorant sa bouche sans retenue, lui communiquant avec son corps le besoin et l'envie qu'elle avait de lui.

Ils étaient tous les deux essoufflés quand leur baiser prit fin.

Un léger sourire retroussa le coin des lèvres d'Aidan.

— C'était pourquoi, ça ?

— Parce que tu es la seule personne qui m'a toujours vue comme je suis, et qui n'a jamais considéré que je n'étais pas assez bien. C'est pour ça que j'étais amoureuse de l'adolescent que tu étais, et c'est pour ça que j'aime éperdument l'homme que tu es devenu.

Elle posa une main sur sa mâchoire, savourant le contact de sa barbe sous sa paume.

— J'ai toujours pensé que, si j'avais des secrets, c'était parce que ça m'excitait de faire quelque chose d'interdit. Mais, en fait, je me cachais. Je le comprends maintenant. J'avais trop peur de m'affirmer et de prendre ce que je voulais. Mais je n'ai plus peur.

Aidan posa la main sur la sienne et tourna la tête pour déposer un baiser au creux de sa paume.

— Je t'aime, Aidan. Et je ne veux pas que ce soit un secret.

— Je t'aime aussi.

Il entrelaça ses doigts aux siens, et abaissa leurs mains jointes.

— Et j'ai l'intention de passer le reste de ma vie à te le prouver. Mais, pour le moment, tu as un travail à faire.

Il fit un geste vers l'ascenseur, mais elle le retint.

— En fait, Max s'en occupe pour moi. Du coup, je me suis dit que tu pourrais peut-être m'emmener chez toi…

Il laissa passer une seconde, le temps sans doute d'assimiler ce qu'elle venait de dire, et lui pressa la main.

— C'est un honneur pour moi.

Passant un bras autour de sa taille, il l'entraîna vers la porte.

— Tout le monde nous regarde, murmura-t-elle.

— Ils n'ont probablement jamais vu une légende de la danse d'aussi près. Avec toute cette publicité, tu devrais avoir un monde fou pour ton prochain show.

— En fait, je me disais qu'il était temps pour Lola de prendre sa retraite et…

Elle gloussa, risquant une plaisanterie :

— … de raccrocher les cache-tétons.

Aidan s'arrêta net. Son expression débordait d'empathie tandis qu'il scrutait son visage, et savoir qu'elle pouvait compter sur son soutien lui réchauffa le cœur.

— De quoi parles-tu ? Tu n'es pas obligée de renoncer à la danse. Cette frénésie médiatique va finir par retomber. Et puis, on se moque de ce que les gens pensent.

— Ce n'est pas ça. Simplement, je n'en ai plus besoin. Je n'ai plus besoin de porter un déguisement pour me sentir moi-même.

Aidan l'attira dans ses bras et la souleva contre lui.

— Je t'aime tellement, KJ.

Elle lui lécha les lèvres et vit ses yeux s'assombrirent tandis qu'elle se frottait contre son érection.

— Je t'aime encore plus et, si nous n'étions pas dans un hall rempli de monde, je te le prouverais tout de suite.

Il lui adressa un clin d'œil.

— Il doit bien y avoir un placard à fournitures quelque part ?

Jamais elle ne se lasserait de cet homme, se dit-elle.

S'approchant de son oreille, elle chuchota :

— Prends à gauche derrière le bureau de

la sécurité. Et ce sera la troisième porte sur la droite. Je te rejoins dans quelques instants.

Après tout, ce n'était pas parce qu'ils avaient décidé d'être honnêtes l'un envers l'autre qu'ils n'avaient pas droit à leurs petits secrets…

Retrouvez en juin 2020,
dans votre collection

MAGNETIC

Un séduisant défi, de Nicola Marsh - N°43

Hart Rochester est l'exemple parfait du self-made man : enfant des rues, il a été recueilli par un célèbre homme d'affaires et a entrepris de marcher dans ses pas. Aujourd'hui, il est un businessman riche à millions. En bref, tout lui sourit. À l'exception de sa nouvelle attachée de presse qui semble lui trouver tous les défauts… Hart se met alors en tête de séduire la belle Daisy, quitte à mettre en péril son empire tout entier…

Ennemis intimes, de Zara Cox - N°44

Damian Mortimer… La seule évocation de ce nom suffit à mettre Neve hors d'elle. Car Damian a réduit ses rêves à néant en faisant échouer son opportunité de partenariat commercial avec une grande chaîne d'hôtels de luxe. Déterminée à se venger, Neve décide alors de confronter Damian. Sauf qu'avec son sourire enjôleur, celui-ci semble prendre un malin plaisir à la mettre dans tous ses états…

Irrésistible McKenzie, de JC Harroway - N°45

D'aussi loin qu'il s'en souvienne, Drake a toujours désiré McKenzie Porter. Mais celle-ci a fait le choix d'épouser son meilleur ami, Sam, soldat de profession. Puis Sam perd la vie lors d'une mission, laissant Kenzie seule et démunie. Aussi, quand elle vient implorer son aide, Drake décide-t-il d'accepter. Au risque de souffrir de cette promiscuité soudaine avec la femme la plus sexy qu'il ait jamais rencontrée…

MAGNETIC

HARLEQUIN

Composé et édité par HarperCollins France.

Achevé d'imprimer en mars 2020.

CPI
BLACK PRINT

Barcelone

Dépôt légal : avril 2020.

MIXTE
Papier issu de sources responsables
FSC® C108412
FSC
www.fsc.org

Pour limiter l'empreinte environnementale de ses livres, HarperCollins France s'engage à n'utiliser que du papier fabriqué à partir de bois provenant de forêts gérées durablement et de manière responsable.

Imprimé en Espagne.